Georges RENAULT

Les Rois du Ruisseau

LETTRE-PRÉFACE
de Jules CLARETIE
de l'ACADÉMIE FRANÇAISE

DOCUMENTS
de MAURICE ARTUS

Prix : 3 fr. 50

LE LIVRE MODERNE
III ter, Rue d'Alésia, III ter
PARIS — 1900

Il a été tiré de cet ouvrage vingt exemplaires sur papier des Manufactures Impériales du Japon, numérotés de un à vingt et paraphés par l'éditeur.

LES ROIS DU RUISSEAU

Je dédie cet ouvrage au très distingué
Président du Conseil Municipal de
Paris, Monsieur Armand Grébauval.

Paris, juillet 1900.

G. Renault.

DU MÊME AUTEUR :

Montmartre, un volume illustré (3 fr. 50)
Librairie E. Flammarion,
en collaboration avec Henri Chateau (8ᵉ mille)

Le Quartier Latin »

Honnête »

THÉATRE :

Poivrot-Poivré, fantaisie judiciaire en un acte.

Ruinés, pièce en un acte.

Honnête, drame en cinq actes.

L'Écho, pièce en un acte, en collaboration avec Henri Chateau.

Ta bouche, Bébé ! »

Crocodile et Cⁱᵉ, comédie-bouffe en trois actes, en collaboration
avec Henri Chateau.

En Préparation :

La Légitime, roman de mœurs.

Coco, roman de mœurs.

Boniments, ou les Mémoires d'un bonisseur pendant l'Exposition,
un volume illustré.

Historique du Temple (ouvrage faisant suite aux *Rois du Ruisseau).*

MAURICE ARTUS. — *Histoire du Bal Robert* (Bulletin du Vieux
Montmartre).

— *Histoire de la Porcelaine de Clignancourt.*
(Bulletin du Vieux Montmartre).

Georges RENAULT

Les

Rois

du

Ruisseau

LETTRE-PRÉFACE

de Jules CLARETIE

de l'ACADÉMIE FRANÇAISE

DOCUMENTS

de Maurice ARTUS

Prix : 3 fr. 50

LE LIVRE MODERNE

III ter, Rue d'Alésia, III ter

PARIS — 1900

PRÉFACE

Paris, le 6 juillet 1900.

MON CHER CONFRÈRE,

J'ai parmi mes camarades de collège un brave garçon qui est devenu chiffonnier. Quand je dis : j'ai — il faut dire : j'ai eu. La vie emporte tant de gens à nos côtés, à mesure qu'on avance. Je le voyais souvent ce bachelier devenu *biffin* et j'étais allé, un jour, le visiter dans sa cahute. Il ne faut condamner ni négliger personne. L'histoire de mon ami serait tout un roman et fort mélancolique. Il

y avait, dans sa chute un peu de maladresse,
des fautes sans doute et beaucoup de male-
chance. Les « enfoncés » de la vie parisienne
ne sont pas tous des responsables.

Je demandai certain jour à mon ami le chiffonnier de me conter les tribulations de sa vie
et ses impressions de coureur de tas d'ordures.
Il m'écrivit une centaine de pages auxquelles
il mit en grec une épigraphe de Sophocle :
« Nul mortel ne peut être déclaré heureux
avant sa mort ». Il ajoutait encore à cette citation d'*Œdipe Roi* une citation du Dante, le
classique : *Lasciate ogni speranza*.

Ce biffin polyglotte, élève de notre véné-
rable professeur de grec, M. Leprévos, eut
écrit pour votre livre la préface idéale et, à
dire vrai, si j'avais sous la main les pages qu'il
m'envoya jadis sur sa profession, ses sensa-
tions de fouilleur de chiffons, ce chapitre
inédit de la vie d'un déclassé formerait une
introduction originale à vos tableaux si remar-
quables de la vie des *Rois du Ruisseau*.

Hélas ! je ne puis retrouver ces précieux
feuillets dans l'amas de papiers où je « chiffonne » aussi quelquefois et les confessions

de mon pauvre camarade tombé resteront encore inédites jusqu'à nouvel ordre. Vous avez raison, Monsieur et cher Confrère, de consacrer votre talent à l'étude de ces personnalités originales, de ces métiers pittoresques de notre Paris. Vous l'aimez ce Paris, vos monographies de *Montmartre* et du *Quartier Latin* eussent réjoui et Salis et François Villon ; votre roman *Honnête* m'avait fait plaisir, vos *Rois du Ruisseau* m'ont profondément intéressé et il m'a semblé faire avec vous un amusant voyage à la cité Doré.

Amusant et poignant aussi, car ces Rois du Ruisseau ont, comme tous les rois, leurs misères. Vous les avez peints sur nature, non pas sous les couleurs romanesques de ce grandiloquent chiffonnier de Félix Pyat qui retrouvait dans sa hotte tous les détritus sociaux — lettres d'amour, lettres de mort, lettres de change sans valeur — mais tels qu'ils sont, ouvriers résignés d'une œuvre utile, ramassant des débris que l'industrie française transformera, fera revivre. Et on a, à vous lire, des surprises agréables comme lorsqu'on voyage en une contrée étrangère.

1.

Que de découvertes! que de documents! Mon camarade de collège chiffonnier vous eût crié bravo en je ne sais quelle langue. Je vous complimente tout simplement en français et vous souhaite un succès qu'avec l'intérêt de votre ouvrage, si vivant, original et attirant, je déclare, par avance, certain.

Vous avez fait un livre qui durera. Que de romans ambitieux et de gros volumes à prétentions a enterrés Privat d'Anglemont votre prédécesseur dans ces études sur les métiers parisiens ignorés!

Etudier la vie et la peindre, il n'y a pas de meilleure méthode pour durer.

Votre tout dévoué.

JULES CLARETIE.

AVANT-PROPOS

Les biffins de Paris ! On pourrait difficilement trouver un plus intéressant sujet d'études et d'observations. Le champ d'exploration est à peu près illimité. On trouve des cités de chiffonniers dans Paris même, sur un grand nombre de points, à proximité des fortifications, et dans la banlieue, elles forment autour de la capitale comme un cordon stratégique interrompu seulement dans quelques endroits, en regard des quartiers riches, à Boulogne, Neuilly et les abords du bois de Boulogne.

De tout temps, les chiffonniers ont formé dans la capitale un clan particulier, une population à part, une sorte de tribu presque sauvage et jalousement indépendante. Bien que presque entièrement composée d'individus nés dans les cités, ayant exercé le métier dès leur jeune âge, cette population compte aussi parmi elle des déclassés, des déchus, des hommes ayant été ouvriers, employés, ayant même occupé des situations élevées ou exercé des professions libérales.

A l'habitude professionnelle des uns, vient donc se joindre la résignation des autres, et tous affichent un égal mépris, une semblable indifférence pour le bonheur relatif des embrigadés de la grande machine sociale.

Les chiffonniers ne s'étonnent pas de la suspicion qu'on leur témoigne, et semblent ne pas en souffrir. Chassés

*d'un endroit, ils vont ailleurs, plus loin, dans la banlieue
dont ils sont devenus presque les maîtres, domination
qu'ils partagent avec l'encombrante gadoue. Et toujours,
malgré les ordonnances de police qui les malmènent, aussi
fiers, aussi libres, aussi inasservis.*

*Vivant de l'ordure, ils ont la prétention de ne rien devoir
qu'à elle et leur logique rudimentaire semble leur dire
que l'abjection même de leur état leur confère le droit
d'être orgueilleux. Ils ont vécu ainsi bien longtemps,
faisant l'étonnement des bourgeois, l'incessant sujet d'études
et d'observations des artistes et des philosophes.*

*Mais il n'en pouvait être ainsi indéfiniment. Contre-
venant par leur genre de vie aux lois modernes de l'association et du salariat, les chiffonniers devaient s'attendre
à voir leur industrie menacée dans ce qu'elle conservait de
liberté, d'insouciance et d'originalité.*

*Le chiffon et non seulement le chiffon, mais toutes les
marchandises tirées du ruisseau alimentent maintenant un
grand nombre d'industries, offrant de gros bénéfices, un
vaste champ de spéculation aux capitalistes. L'arrêté de
M. Poubelle, en 1884, en portant un premier coup aux
biffins, faisait pressentir l'actuelle menace du monopole.*

*Sans grands frais d'imagination, on peut prévoir qu'à
coup sûr, avant qu'il soit bien longtemps, et quelque résis-
tance qu'ils aient opposée, les biffins devront céder la place
aux entrepreneurs de chiffonnage en gros. La question
des gadoues qui infectent la banlieue complique encore le
problème et hâtera certainement la solution que redoutent
tant les habitants des cités.*

*C'est donc d'une industrie qui va disparaître, qui s'est
déjà notablement modifiée que nous allons parler, dont nous
allons faire revivre le passé et décrire l'ancien domaine.
Les mœurs saisissantes et rudes des biffins, leur état misé-*

rable, la bizarrerie de leurs allures méritaient d'être notés avec sincérité et sans détours de langage.

Nous n'avons point essayé, ni voulu faire de cet ouvrage un catalogue sévère et sec, une nomenclature, un recensement des cités de biffins, non plus qu'une étude scientifique mais aride, embrassant les milliers d'applications industrielles de modes d'emploi des produits du ruisseau.

Nous avons plutôt essayé de dessiner çà et là, dans la banlieue et même dans Paris, des campements particulièrement pittoresques, de rechercher l'originalité des types, plutôt que le détail incolore des faits, et de présenter au lecteur une étude réelle, le résultat de nos observations.

Les marchés aux puces, — nom significatif par excellence — avaient naturellement leur place marquée dans cet ouvrage. En majeure partie, ce sont des chiffonniers qui les alimentent, qui, à de certains jours, vont y vendre les objets pouvant avoir quelque valeur et qu'ils ont trouvé dans le ruisseau ou dans les boîtes.

Nous avons aussi esquissé légèrement les physionomies de ces chiffonniers d'un genre spécial et plus élevé — chineurs " grouleurs ", et même brocanteurs des marchés.

Là encore, nous avons choisi parmi le grand nombre des marchés aux puces des barrières, les quelques-uns, plus connus et fréquentés, pour en faire de visu la description.

Nous espérons qu'à défaut de l'allure pédantesque que nous avons évitée — tout en ayant cependant fait la place aux sujets sérieux — ce livre plaira au lecteur et qu'il éprouvera à le lire autant d'intérêt que nous en avons pris à étudier et à décrire la physionomie des « Rois du Ruisseau ».

LA RENTRÉE DES BIFFINS

CHAPITRE PREMIER

LA RENTRÉE DES BIFFINS

Paris s'éveille à peine. Depuis de longues heures déjà, les voitures des maraîchers ont cessé de dévaler vers les halles. C'est l'été, les becs de gaz se sont éteints. Les faubourgs commencent à s'animer, les rues s'emplissent du bruit de ferraille clinquante qui signale le passage des voitures des laitiers, et, de place en place un marchand de vins matinal enlève les volets de sa boutique.

Les chiffonniers, eux, sont au travail depuis longtemps. Chaque nuit, ils devancent l'aurore. Par groupes, par familles entières, père, mère, filles, fils et souvent petits-enfants, ils quittent leurs taudis pour venir effectuer dans les poubelles parisiennes la quotidienne moisson d'objets de toutes sortes, d'os, de chiffons, de papiers, de déchets domestiques, que leur industrie saura classer, trier, nettoyer ou raccommoder au besoin pour en accroître la valeur.

Quelles curieuses physionomies que celles de ces « chevaliers du crochet », ainsi que les appelaient pittoresquement nos grands-pères! Ce n'est point eux qu'on pourrait accuser de dandysme ni d'anglomanie, certes. Ils ont pour tout ce qui touche leur costume le superbe dédain de gens qui par profession sont à même chaque jour de constater la vanité des choses humaines. Accoutrés plutôt que vêtus au hasard des trouvailles ou des dons, jugeant inutile de débarrasser aujourd'hui leur visage de la couche de poussière et de crasse qui s'y réinstallera demain, déguenillés, sordides et insouciants, hommes et femmes apportent au travail la même activité, le même entrain.

Sans qu'il soit besoin d'aucun règlement, les biffins s'entendent toujours sur la question de l'emplacement. Chaque famille a son lot, son pâté de maisons, son champ d'exploration dont elle est pour ainsi dire concessionnaire. En arrivant, chacun empoigne qui la hotte, qui le sac, jeunes et vieux commencent la récolte, cependant que la carriole qui tout à l'heure reprendra bondée le chemin des fortifications reste sous la garde d'un brave chien accroupi entre les roues.

Tels locataires, tels concierges, pourrait-on dire en parodiant le proverbe. Dans les quartiers aisés, ce n'est point habitude aux modernes cerbères de se lever tôt. Le biffin doit aller lui-même chercher la poubelle dans la cour intérieure de la maison et l'amener sur le trottoir son domaine, tant que les boueurs n'auront pas fait place nette.

Et ces poubelles, que de malédictions ont salué l'ordonnance de police qui les institua. Tout ce monde spécial du chiffon était en rumeur.

— Croyez-vous, monsieur, nous disait encore dernièrement un « vieux » dont la rancune envers l'ancien préfet de police est toujours aussi vivace, si on a idée d'ça, supprimer nos tas! mettre notre camelotte en boîte! ya pus moyen d'gagner sa vie avec un pareil gouvernement!

Et l'ancêtre, soixante-dix ans au moins, un visage de brave homme encadré par une barbe blanche sans doute, mais que la poussière a patinée de teintes indéfinissables, l'ancêtre interrompt un moment sa recherche, et branlant la tête, semble nous prendre à témoin de la misère des temps.

Près de lui, un garçonnet d'une dizaine d'années piétine avec ardeur le contenu d'un grand sac afin qu'y trouve encore sa place ce qu'il reste à recueillir dans les boîtes voisines.

Bravant l'épais nuage de poussière que la brise du matin plaque sur nos vêtements, nous suivons, intrigué, l'aïeul et le petit-fils et nous observons leur manège. C'est bien simple et cependant très ingénieux. Tandis que le vieux fait glisser le long du corridor de la maison la poubelle qu'il est allée chercher, le gamin étale sur le trottoir une grande toile, que pour plus de précaution, il fixe aux quatre coins. En un clin d'œil, saisie par des bras expérimentés, la boîte est renversée sur le tapis improvisé. Cendres, épluchures de légumes, tout l'amas s'écroule, s'affaisse, s'étend à l'aise, dégageant un tel nuage de poussière que malgré tout l'intérêt que nous inspire le stratagème, nous sommes forcé de nous reculer de quelques pas. C'est la reconstitution — en petit, du « tas » antique dont le biffin déplore la disparition.

— Il le faut bien, nous explique à nouveau le vieux biffin dont le crochet exécute maintenant une galopade effrénée parmi le monceau de détritus. C'est qu'il s'agit d'aller vite et de ne rien laisser perdre. Comment voulez-vous que dans une boîte profonde et étroite nous puissions voir du premier coup ce qui nous intéresse. Autrefois, on avait toute la soirée à soi, pour faire sa tournée, et puis les prix n'avaient pas baissé. Aujourd'hui, il faut ramasser tout, absolument, et encore on gagne moins qu'autrefois.

Le gamin tient le sac ouvert. D'un geste précis, le chiffonnier harponne, secoue et enfouit pêle-mêle jusqu'à la moindre rognure d'étoffe, jusqu'au plus petit os de pot-au-feu qu'il sait découvrir avec une prestesse quasi-simiesque.

Boîtes à sardines, clous tordus, débris de verre et de porcelaine sont aussi recueillis précieusement.

— J'commence à me faire vieux, continue-t-il. Dans le temps, j'avais un bourricot. Il est mort de vieillesse. Et puis j'ai mes enfants; alors, comme ça avec le p'tiot et Médor, nous sommes bien assez pour remonter la carriole.

Car c'est bien là le prodige! Allégé de quelques livres peut-être d'os, d'étoffe, de ficelle, de bouchons, l'étalage d'ordures a réintégré la poubelle, le gamin a replié sa toile, le vieux a chargé le sac sur ses épaules, mais ce n'est pas encore fini avec les patients industriels du ruisseau. Attendons quelques minutes. Un autre, deux autres biffins peut-être y trouveront encore quelque chose à glaner.

Dans la rue voisine, un homme et une femme, cette fois. L'homme, le torse bombant sous un maillot de garçon de lavoir, un feutre décoloré enfoncé sur la tête ; la femme, les yeux protégés par des lunettes noires, la poitrine plus qu'à l'aise dans un caraco ayant sans doute appartenu à quelque imposante concierge du quartier, la jupe trop courte laissant voir les chevilles maigres qui n'emplissent qu'à moitié les élastiques absents de bottines d'homme.

— Allons ! oust. Mélie. faut faire vite ce matin, tu sais.

Et, sur le trottoir, la boîte de l'ancien préfet fait à nouveau la culbute. Papiers, tessons, chiffons prennent rapidement le chemin du sac. Un panier à salade plus rouillé qu'une arme mérovingienne y va tenir compagnie aux débris d'une cloche à fromage.

— T'as pas besoin d'un chignon, demande l'homme en montrant au bout de son crochet une fausse natte qu'il vient de harponner.

La femme, elle, hésite un moment, avant de rejeter le corps cylindrique d'une poupée à laquelle il manque et la tête... et les bras.

— C'est dommage, dit-elle à mi-voix.

A qui peut-elle bien penser, sinon à ses gosses, la brave femme. Mais l'homme qui se hâte déclare.

— Tu vois bien qu'c'est en plâtre. Y aura bien assez à r'monter aujourd'hui.

Valent-ils pas, ces colloques de chiffonniers, qu'on brave un peu de poussière pour les entendre, qu'on s'arrête un instant dans la rue au bord du ruisseau.

L'homme et la femme se sont éloignés. Restons encore. Peut-être que sur leurs talons, un hotteux à son tour va venir retourner la même poubelle, y trouvera aussi son bien, quelques débris qu'auront négligés ses devanciers.

Que de labeur constant, que de patience, il leur faut à ces humbles biffins pour ramasser chaque jour cent mille francs de marchandises sur le pavé parisien. C'est le chiffre officiel, trente-six millions cinq cent mille francs par année.

On connaît peu en général le monde des chiffonniers, on ignore leur existence et bien que leur honnêteté se soit imposée, on les tient en suspicion. Est-ce parce que, vivant à l'écart, ensemble, par famille, par tribu presque dans leurs campagnes — ainsi dénomment-ils pompeusement leurs cabanes de la banlieue — ils se mêlent peu à leurs voisins, gardent certaines coutumes et n'admettent pas facilement les étrangers dans leurs cités. Il faut le croire.

Nous reviendrons dans le cours de cet ouvrage sur ces « campagnes » de Saint-Ouen, de Vanves, ou d'Aubervilliers ; nous montrerons les biffins chez eux, triant leurs chiffons, décrassant, assemblant selon leur nature les marchandises si diverses qu'ils recueillent chaque jour, et nous nous efforcerons, en décrivant leur vie laborieuse et misérable de détruire les légendes qui peuvent avoir crédit auprès des ignorants.

Nous avons laissé nos braves chevaliers du crochet regagnant leur carriole, courbés sous le poids des sacs. Sept heures, huit heures viennent de sonner. Le long des rues et des boulevards, dans les grandes artères des faubourgs, c'est la descente matinale des ouvriers, des employés, et des trottins. Les fabriques, les usines, les ateliers ouvrent leurs portes. Des bandes de jeunes filles rieuses se hâtent, craignant l'amende qu'un patron soucieux de leurs intérêts et des siens ne manque pas de leur infliger lorsqu'elles sont en retard.

Les biffins ont terminé leur récolte. La place est aux boueurs dont les lourds chariots emmèneront vers Gennevilliers les quintaux journaliers d'ordures ménagères, non pas toutefois sans qu'eux-mêmes, boueurs et biffins en même temps, n'aient aussi glané çà et là, quelques kilos de marchandise revendable.

Depuis de longues heures qu'ils trottent par les rues, de poubelle en poubelle, maniant le crochet et trimballant les sacs, lorsqu'ils ont chargé leur carriole, c'est le premier moment où les chiffonniers peuvent se reposer. Quelquefois l'un d'entre eux est en retard, ayant peut-être fait quelque trouvaille, argent, bijoux, qu'il est allé déposer au commissariat de police. Le fait se produit fréquemment. A part cela, réglés comme des Breguet, ils passent chaque jour aux mêmes heures aux mêmes endroits et il est rare que la famille soit obligée d'attendre un de ses membres.

Quel est le parisien qui ne les a pas vues, ces familles entières de biffins, auprès de leurs « bagnioles » primitives ; assis sur la bordure du trottoir on les prendrait facilement pour des bohémiens venant de faire deux mille kilomètres à pied tant ils sont noirs, sales et misérablement vêtus.

Ils sont trois, quatre, cinq personnes, davantage parfois, toutes dignes du pinceau de Goya, du burin de Callot, étonnant notre regard par la liberté, la simplicité de leur allure, s'offrant à nous à la fois comme des exemples et des reproches. Il n'est pas rare qu'une mère ait avec elle deux ou trois gosses, et que, tandis que les plus vieux aident le père à ficeler les sacs, elle n'allaite en plein vent un poupon déjà crasseux et dévêtu.

Combien parmi tous ceux, ouvriers ou bourgeois, qui voient chaque matin les chiffonniers, les regardent autrement qu'avec dédain et les jugent dignes d'intérêt. Peu assurément. Chez beaucoup, le goût bourgeois se révolte, ils sont près de les trouver pas convenables, trop libres de manières et de langage.

Quant à eux, les bons biffins, ils se moquent de tout cela.

— Allez, en route, disent les hommes !

On hisse les marmots au faîte de l'édifice des sacs. Si la charge n'est pas trop excédante la femme y prend place aussi et s'endort bientôt, à demi-ren-

versée, les lèvres entr'ouvertes. La carriole s'est
mise en marche vers les fortifs. Voici le spectacle
dans tout ce qu'il a de plus pittoresque.

On croit aux miracles de l'équilibre et du hasard
lorsqu'une fois on a vu déambuler par les rues,
grimper les côtes, ces voitures qui toutes ont comme
un air de famille et dont pas une seule n'est
semblable à l'autre. Ils sont deux hommes à la tirer,
et parfois derrière un gamin qui pousse, les bras
en avant.

— Tu tires dur ! Totor ! !

Les roues en entonnoirs oscillent d'une façon in-
quiétante, les planches vermoulues craquent, les
essieux gémissent et réclament de l'huile, et sous la
voiture, un chien maigre qui s'étrangle à tirer lui
aussi mêle de temps à autre ses aboiements enroués
aux grincements métalliques qui accompagnent le
véhicule dans sa marche.

Derrière cette guimbarde, en voici venir une autre.
Il s'agit de rupins, cette fois. Un cheval — un de
l'Apocalypse plutôt — sur les côtes duquel on jouerait
du piano semble faire des efforts désespérés pour se
maintenir debout. Les harnais dont le cuir absent en
maint endroit s'est vu remplacé par des ficelles,
sont trop grands du poitrail et trop petits de la
croupe. Pauvre cheval ! Ses os saillent, ses genoux
sont sanglants et sa démarche plus que lente s'accé-
lère à peine sous les coups de fouet qui pleuvent dru.

Ne possédant ni guimbarde, ni cheval, nombreux
sont les biffins qui venus dans la nuit la hotte sur le

dos, s'en retournent de même ployant sous leur
charge de chiffons, et portant encore à la main les
objets bizarres, précieux!!! ou trop encombrants qui
n'ont pu trouver place dans leur hotte.

A la queue leu-leu fantastiques attelages, et
piétons franchissent les barrières de l'octroi. Ils n'ont
point encore terminé leur journée, les laborieux biffins Il va falloir, reficeler les sacs, faire le « triage »
des marchandises, mettre ensemble les différentes
sortes de chiffons et d'os et porter le tout chez le marchand, qui en échange donnera les quelques sous
impatiemment attendus par les estomacs affamés, et
surtout par les gorges altérées.

Dans l'après-midi, il faut repartir « en seconde »,
c'est-à-dire aller faire une nouvelle récolte sur les
terrains où les boueurs sont venus décharger leurs
tombereaux. Bien qu'ayant déjà été retournée plusieurs fois, la gadoue du matin peut encore renfermer
des choses utilisables. Jusqu'au soir, femmes et
enfants — les hommes n'ayant pu s'arracher aux
délices de l'alcool — fouillent et refouillent sans se
lasser, les amas d'immondices.

C'est un bien curieux spectacle pour le philosophe
que celui de ces champs de gadoue. Il s'arrête, et
involontairement se prend à songer..... Bouquets
fanés, mèches de cheveux, portraits tant de fois
ardemment baisés qu'on échangea un soir d'ivresse...
ou de mensonge, bibelots précieux, chers souvenirs...
Tout ce qui fut de la joie, de la douleur, de l'espé-
rance, de la passion..... C'est la fosse commune, le

dépotoir, la dernière étape de toutes choses... Ce qui
vient du palais, y coudoie ce qui vient de la mansarde. Illusions d'un jour, vous dormez là! Tout y
vient, tout y tombe, tout s'y noie... La graisse fétide
de l'égout y souille le satin froissé d'une robe de
noces, et le talon du chiffonnier, aussi bien que les
pires choses piétine les feuillets épars d'une lettre
d'amour.

LES

CITÉS DES CHIFFONNIERS

CHAPITRE PREMIER

On pourrait en quelque sorte établir une division hiérarchique des chiffonniers selon leur degré de misère. Nous aurions alors :

1° Le placier ayant un certain nombre de poubelles attitrées, souvent au moyen d'une redevance mensuelle qu'il paye aux concierges ;

2° Le chiffonnier municipal. C'est celui que nous voyons juché sur les tombereaux. Son gain est très minime, vingt-quatre sous par jour ;

3° Le coureur qu'on appelle encore chiffonnier « marron ». La hotte sur le dos, il parcourt les rues, maraudant lorsqu'il le peut, dans les boîtes du placier. Malgré le peu de respect qu'il porte à la propriété, il a bien du mal à faire sa journée. Nous avons dit qu'il n'y en avait plus qu'un très petit nombre ;

4° Le « seconde heure ». Il se borne à travailler dans les champs de gadoue. C'est le plus misérable. A peine s'il gagne quelques sous dans sa journée. Quelques-uns viennent à Paris le matin donner un coup de main à un placier, mais il y en a aussi qui ne quittent jamais Pantin ou Gennevilliers, qui du matin au soir retournent les amas d'ordures. Ce sont surtout des os qu'ils récoltent.

L'été, ils trouvent à augmenter leur maigre pitance des salades montées que les maraîchers jettent par-dessus les murs de leurs terrains, quelques fruits aussi leur tombent entre les mains. Mais l'hiver, leur sort est affreux.

A Pantin, sur la route de Flandre, il existait il y a quelques années, une sorte de cabaret, de cloaque plutôt, qui leur était famillier. C'était — le nom est significatif — la Pouillerie.

Tous les soirs, jusqu'à dix heures, on pouvait les voir, plus maigres que des loups, dévorer les quelques sous de pain qu'ils venaient d'acheter et boire le tord boyau.

A dix heures, quelque fût le nombre des clients, la Pouillerie fermait ses portes.

Ces pauvres biffins se verront un jour ou l'autre obligés d'aller chercher ailleurs le moyen de ne pas mourir de faim. N'eussent été les protestations que' tous les chiffonniers ont fait entendre, la porte des dépôts de gadoue leur serait fermée maintenant.

Que feront-ils lorsque les concessionnaires auront obtenu leur expulsion ! Ils doivent se le demander

avec angoisse, eux qui restent honnêtes et respectueux
de la propriété tout en ne gagnant parfois que dix ou
douze sous par jour.

Quant aux chineurs, ils feront l'objet d'une étude
à part, lorsque nous parlerons des marchés aux puces
leur principal terrain d'exploitation. Ils ne vivent pas
comme les chiffonniers de ce qu'ils trouvent. Ils
achètent aux biffins. aux ménagères et revendent. Il
y a parmi eux des types curieux, que nous ferons
connaître au lecteur, des spécialistes qui ne s'occupent
les uns que de la chaussure, les autres que du vêtement.

Nombre d'Allemands, d'Alsaciens, pardon, de Juifs
et de Polonais exercent à Paris cette profession lucrative lorsqu'on la compare à celle des coureurs ou des
« seconde heure ». Avec les Auvergnats, qui sont plutôt, eux, bric à brac et brocanteurs, ils forment la
majorité de la population « chineuse » des marchés
aux puces et des rues .

Aux degrés supérieurs de l'échelle sociale, est placé
le marchand en gros et en demi-gros. Ceux-là possèdent des hangars, des ateliers , et occupent des
ouvriers pour faire le triage de leurs marchandises.

Nous parlerons seulement des opérations diverses
auxquelles on se livre chez eux, laissant de côté les
marchands desquels nous n'aurions rien à dire, sinon
qu'ils vivent grassement, achètent à vil prix et acca-
parent quand ils le peuvent.

Tous ne sont pas également puissants. Il y a parmi
eux d'anciens chiffonniers qui, à force de travail et

2.

après avoir été chineurs, sont parvenus à une situation confortable, travaillent encore eux-mêmes et n'ont que deux ou trois ouvriers sous leurs ordres.

Ceux-là n'ont rien de commun avec les spéculateurs, qui, disposant de gros capitaux, font la hausse et la baisse sur les marchés, jouent à la Bourse, et exploitent sans distinction ni scrupules, chineurs, placiers, coureurs et « pouilleux » de Pantin.

CHAPITRE II

Si le bourgeois méprise le chiffonnier, celui-ci lui rend bien la pareille, et ne s'en cache pas. Nous en avons eu souvent la preuve. Il faudrait n'avoir pas vu M. Prudhomme faisant sa promenade matinale, et s'arrêtant, pris d'un subit accès de sensiblerie à contempler, la canne à la main, l'humble biffin dont le crochet s'escrime parmi les détritus.

— Vous avez bien du mal à gagner votre vie, n'est-ce pas, mon pauvre homme? demande M. Prudhomme au bout de quelques minutes.

La réplique se fait rarement attendre, et dame, elle n'emprunte pas la douceur mielleuse et paterne qui donne tant de charme et de grâce aux discours de M. Prudhomme. Bien au contraire. Un tutoiement inattendu vient encore aggraver la crudité du terme, et le bourgeois n'a pas attendu la fin pour s'éloigner en poussant des oh! oh! de stupeur. Il est dégoûté pour sa journée de la philanthrophie.

Les chiffonniers cependant, sont des êtres fort sociables. Seulement, il faut être des leurs, être vêtus comme eux, parler leur langage, et surtout ne pas leur débiter des phrases apitoyées pour être admis

en leur société. Vêtus de loques, ils sont fiers. Du
reste, leur misérable condition est quelquefois plus
apparente que réelle. Ils placent leur vanité ailleurs
que dans leur accoutrement, et tel qui possède dans
une cabane à lui pour plusieurs milliers de francs de
marchandises, n'est ni mieux, ni plus mal vêtu que
le coureur attendant de sa hottée les quelques sous
de son repas.

La vie par groupes, en cités, semble avoir toujours
été celle qu'ont préféré les « biffins ». Quand la
première ordonnance de police vint leur interdire de
vaquer par les rues de minuit à cinq heures du matin
nous les trouvons campés dans la rue Neuve-Saint-
Martin.

Ils durent émigrer une première fois, aller se loger
plus loin du centre, aux Gobelins et dans le faubourg Saint-Antoine.

Il faut à présent aller en dehors des fortifications
pour trouver des cités de chiffonniers. Il n'en existe
plus que quelques-unes dans l'intérieur de Paris,
dans les environs de la Butte-aux-Cailles et aux Epinettes surtout.

Les biffins ont été expulsés petit à petit. Ils se sont
réfugiés dans les terrains vagues des fortifications, à
Pantin, à Saint-Ouen, à Clichy, à Vanves.

Des maisons de six étages se sont élevées sur les
emplacements des cités démolies. A voir aujourd'hui
la rue Delambre, par exemple, derrière le Luxem-
bourg, bordée de constructions, de maisons de
rapport, peut-on s'imaginer qu'il y a une trentaine

d'années à peine, il y avait là un village entier, sordide, une cité de misère.

C'est cependant exact. Voici ce qu'écrivait en 1855 M. Victor Meunier :

« Voulez-vous des effets vigoureux de misère? En voilà. A peine si les bouges du Ghett à Rome, et les repaires de White Chapel à Londres pourraient en offrir de cette couleur-là. Qui n'a pas vu la rue Delambre n'a rien vu. Sur le territoire maudit qui n'en est pas moins un refuge de bénédiction pour les malheureux qui y grouillent, un village entier vient de sortir de terre, avec la permission de l'administration des hospices, laquelle n'empêche pas le premier occupant de s'y établir. La partie la plus ardue de l'opération, ce n'était pas la bâtisse, mais la réunion des matériaux de construction. Il y a fallu tout le temps qu'un chiffonnier peut mettre à ramasser dans les boues, au coin des bornes et à transporter dans sa hotte, assez de gravas, verre cassé, débris de trottoirs, éclats de bois pour enceindre un espace assez élevé pour qu'un homme s'y tienne debout, assez large pour qu'il puisse s'y coucher sur la terre humide : car les maisons sont de niveau avec la rue et n'ont pas plus de plancher que de fondations.

« On peut voir en ce moment tous les degrés d'évolution que ces constructions parcourent depuis l'état d'ordures jusqu'à l'état d'achèvement. Telle maison est couverte de papier goudronné, mais c'est du luxe; le plus souvent, on la couvre de n'importe quoi et n'importe comment : bouts de planches, morceaux de

paravents, loques et chiffons, cela suffit pour consti-
tuer un simulacre d'abri. De cet étrange amas s'élève
çà et là un tuyau de poêle qui atteste de la part des
habitants la prétention de se procurer l'agrément
d'une température supportable ».

Dès lors que nous parlons des anciennes cités de
biffins, nous ne saurions passer sous silence la Petite
Pologne. Elle s'étendait avant l'annexion des communes environnant Paris sur les terrains Monceau,
à l'extrémité des rues Miromesnil, de la Félicité, de la
Bienfaisance. Comme toutes les autres cités, comme
la célèbre cité Doré de Montparnasse, la Petite
Pologne a dû disparaître devant les constructions
nouvelles. Les habitants ont dû franchir le mur d'octroi, aller s'établir dans les terrains vagues des environs.

Il y avait aussi près du cimetière et sur le chemin
de la Révolte un passage qui s'était primitivement
appelé passage Véro-Dodat, et que les habitants
avaient baptisé passage du Soleil.

D'après la description que, dans un rapport adressé
au Préfet de Police en 1854, M. Honoré Arnoul en
fait, il semblerait que ce passage du Soleil ne serait
autre que le plus moderne « Petit Mazas ».

« Là, un marchand de vins a fait construire quarante cabanons ou bouges en plâtre de cinq pieds
carrés, en terre plein, sans cheminées, et n'ayant
pour couverture que du papier goudronné. Il loue
chaque taudis 2 francs à 2 fr. 50 par semaine, payables
tous les dimanches et se crée près de 4.000 francs de

revenu net par an, prélevé sur de pauvres locataires réduits au plus affreux dénuement.

« Il est impossible de respirer dans ces réduits plus dignes des porcs et des chiens que des hommes. En été ce sont des fournaises et, en hiver, des tombes anticipées.

« Ajoutez à cela les immondices d'os, de papiers, de chiffons, de peaux d'animaux entassés pêle-mêle aux quatre coins de ces cahutes, et vous aurez une idée de ce qui peut résulter d'un pareil état de choses.

« J'ai trouvé des femmes vêtues de guenilles, couchant sur du fumier puant, sans draps, sans couvertures.

« J'ai vu une femme, nommée veuve B...., manger des abricots en putréfaction, et des pommes de terre ramassées par elle au coin des rues..... Je l'ai vue nettoyant cet horrible mets recouvert d'excréments humains et s'en repaissant...

« ...Je ne comprends pas comment l'épidémie n'a pas moissonné tous ces gens-là ! Des mesures hygiéniques sont indispensables et je les réclame avec les plus vives instances..... »

Il faut dire au lecteur qu'on était alors au moment où le choléra faisait le plus de ravages dans la banlieue.

Si le charitable signataire de cette requête avait quelques illusions au sujet des mesures hygiéniques qu'on pouvait prendre, il a dû certes être détrompé. De nos jours, les cités Millet, Victor, Coiffrel et tant d'autres, ne le cèdent en rien en malpropreté à l'ancien passage du Soleil.

Et plus près de nous, la rue Sainte-Marguerite en 1853, à quelques centaines de mètres de la place de la Bastille! et le clos Macquart en 1882.

C'était une sorte de terrain dont le sol était en contre-bas des rues environnantes. On y accédait par un passage en pente qui prenait dans la rue Secrétan.

Plus de deux cents chiffonniers étaient installés dans ce terrain qui avait autrefois servi de chantier d'équarissage.

A la moindre pluie le sol défoncé se transformait en un marécage pestilentiel.

Ce campement n'existant plus, nous en empruntons la description au docteur Dumesnil :

« Construites en matériaux de rebut salpêtrés, dit-il, en parlant des cabanes, couvertes en carton bitumé avarié, qui n'est maintenu sur le faîtage qu'à grand renfort de pavés, fermées par des portes non ajustées, éclairées par des fenêtres démunies de leurs vitres et de leurs petits bois, ce sont de véritables tanières. Sur l'éminence, comme dans la partie basse du clos, les malheureux habitants sont en lutte jour et nuit, pendant la nuit surtout, avec une légion de rats, anciens propriétaires du sol, quand le clos d'équarissage était en activité et qui revendiquent énergiquement leurs droits.

« Dans la partie la plus reculée de l'enceinte où existent plusieurs culs-de-sac habités, loge le principal locataire qui administre ce refuge. Il est chiffonnier en gros : c'est lui qui centralise les produits du travail de ses locataires, il a installé dans son dépôt un débit de boissons.

« C'est à son comptoir que vraisemblablement il paie les marchandises qu'il achète. Sans le calomnier. nous croyons pouvoir dire que le loyer de la semaine payé « et on l'exige d'avance » la plus grande partie de l'argent qu'il a versé comme chiffonnier en gros lui rentre sous forme d'alcool débité à ses vendeurs.

« Et alors, on demande ce qui reste pour les besoins du ménage, pour tout ce petit monde qui s'alimente trop souvent faute de mieux, comme nous l'avons constaté de visu, avec les débris du chiffonnage ramassé dans les ruisseaux de Paris.

« On n'est pas logé à bon marché dans le clos Macquart, le prix de la location par semaine varie de 1 fr.50 à 2 fr.50 ».

C'est-à-dire que partout et de tout temps, aussi bien à Vanves, qu'à Saint-Ouen. de nos jours comme il y a quarante ans, les propriétaires de cités se sont fait de larges revenus en exploitant les chiffonniers. Et la chose est encore plus significative lorsque parmi ces propriétaires on trouve, comme à Clichy, par exemple, un ancien conseiller municipal de Paris.

La rue Sainte-Marguerite, entre le faubourg Saint-Antoine et la rue de Charonne, était aussi un véritable cloaque.

« Le numéro 21, dit le docteur Dumesnil, abrite cent cinq locataires pour la plupart chiffonniers, tributaires d'un chiffonnier en gros qui occupe tout le rez-de-chaussée avec ses ateliers, son personnel de triage.

3

ses magasins, etc., etc. Ceux-là logent dans leurs meubles qui sont des débris de toutes espèces, desquels parfois le lit même est absent. Chacun de ces locataires fait le triage de sa récolte individuelle dans son domicile particulier, et comme, en négociant avisé. le chiffonnier en gros ne veut entreposer chez lui que du chiffon sec, tous les habitants de cette maison se sont ingéniés à réaliser à leur fenêtre un système d'étendage et de séchage économique, qui sur des cordes, qui sur des cercles de tonneaux faisant saillie de moitié de leur diamètre dans la cour, de telle façon qu'à toute hauteur, dans toutes les pièces ne pénètre que de l'air vicié, saturé d'émanations malsaines. On ne saurait imaginer une cour d'un aspect plus singulier ; le degré d'infection qui y règne dépasse toute limite ».

Une particularité que nous avons déjà notée dans nos recherches antérieures se retrouve ici, c'est que le principal locataire de ces maisons tient généralement au rez-de-chaussée un débit de vins et liqueurs. Certains même ont supprimé l'allée d'entrée pour rendre le passage nécessaire par le comptoir. Il y a là une double exploitation des malheureux qui habitent ces tanières.

Ce n'est pas nous qui donnerons tort dans son appréciation au docteur Dumesnil:

Dans les nombreux ouvrages qu'il a écrits, il a plaidé chaleureusement la cause des humbles en général et des chiffonniers en particulier.

Il avait même proposé la construction de logements

salubres à bon marché. Il serait à souhaiter que son œuvre ne fût pas abandonnée, que son exemple suscitât le concours des initiatives privées, desquelles il convient d'attendre davantage que de l'Administration impuissante ou indifférente.

Écoutons encore cette description de l'hôtel des Lyonnais, dans l'ancienne rue Sainte-Marguerite :

« ... Il nous faut mentionner le réduit dont on peut voir l'orifice dans la cour, à gauche en entrant. Pour y pénétrer, on descend deux marches ; après quoi on peut se demander où l'on est : est-ce une cave, un cellier ? Quelles sortes de choses remue-t-on dans cet espace obscur, étroit, plus froid que la rue même ?

« Il y a là le père, la mère et l'enfant. Près, et en dedans du seuil, c'est-à-dire à l'endroit où l'on y voit le plus clair, ils ont versé les chiffons de la nuit précédente. Le triage s'achève, on va porter la récolte chez le marchand en gros.

« En attendant, l'air, qui n'arrive déjà dans cet enfoncement qu'après avoir rasé le sol boueux de la cour, passe sur le monceau de débris pour en accumuler toutes les senteurs dans le fond de l'antre où cet homme, cette femme et leur petit prendront leurs aliments et leur sommeil.

« Plusieurs des logements de l'hôtel des Lyonnais sont payés 4 et 5 francs par semaine : les plus inhabitables sont payés 3 francs ».

Ces tableaux étaient assez significatifs.

Forcés d'abandonner le faubourg Saint-Marceau et la rue Sainte-Marguerite, en plus grand nombre que jamais, les chiffonniers franchirent les fortifications, allèrent rejoindre ceux qui habitaient déjà dans les terrains vagues.

A Clichy, la cité Foucault, aujourd'hui disparue, derrière le Jardin des Plantes la cité Jeanne d'Arc, eurent bientôt plus d'habitants qu'elles n'en pouvaient contenir.

La cité Doré, près de la gare d'Orléans, la cité des Vaches, le petit Mazas, sur la route de la Révolte — ainsi dénommé parce que toutes les chambres y avaient la grandeur d'une cellule, la cité Maupy, dans la rue Marcadet, toutes ces cités ne furent aussi célèbres que la cité Foucault, qu'on appelait aussi la cité de la femme en culotte.

C'est là qu'il y avait cette fameuse « salle des mariages » où, moyennant un verre d'alcool, on faisait la connaissance d'une femme, et la « casserole », où l'on buvait dans une sorte de récipient attaché au comptoir comme le sont dans les rues les gobelets aux fontaines Wallace.

Nous connaissons de longue date un vieux chiffonnier qui n'a jamais consenti à nous donner aucun renseignement sur son passé. Il ne manquait pas d'une certaine instruction, et ses camarades lui ont donné le sobriquet du Marquis. Nous sommes allés le voir. Il nous a raconté l'histoire de la formation de la cité Foucault.

Mlle Foucault, qui, nous ne savons plus au juste à quel titre aurait été la protégée d'Alexandre Dumas, — Mlle Foucault, était compositrice dans une grande imprimerie. Elle avait remarqué que le salaire des hommes — composant eux aussi — était bien plus élevé que celui des femmes. C'est alors que lui vint l'idée de se faire couper les cheveux, de prendre un costume masculin et de se présenter ainsi vêtue à l'imprimerie qu'elle avait quitté la veille justement parce qu'on avait refusé de l'admettre comme travailleur dans la salle des hommes.

Sous son nouveau costume on l'embaucha et, nous dit le Marquis qui nous raconte cela, pendant plus de six ans on n'eut pas un reproche à lui faire. Elle était parvenue à mettre de côté quelques billets de mille francs.

Un jour, en se promenant à Clichy, elle vit des ouvriers qui bâtissaient des cabanes. Elle se renseigna et eut l'idée elle aussi de placer son argent de cette façon. Il n'y eut jamais dans sa cité d'autre administrateur qu'elle-même, et je vous prie de croire, ajoute le chiffonnier, qu'elle menait rondement son monde. Elle s'y entendait, allez ! Son argent lui rapportait gros.

— Pourtant, disons-nous intéressé à notre biffin, les chiffonniers, en général, ne sont pas riches, et sans vouloir en médire, ils se laissent facilement aller à la tentation de l'alcool. La femme en culotte a dû plus d'une fois être obligée de faire crédit, et les rentrées de fonds devaient être laborieuses.

Nous avons étonné notre interlocuteur.

— Vous n'êtes pas « à la coule », nous dit-il, avec une nuance de dédain. Les industriels qui nous logent gagnent davantage sur nous, en proportion, qu'un propriétaire de l'avenue de l'Opéra ne gagne sur ses locataires. Voyez plutôt. Pensez-vous que des bicoques comme celles-ci coûtent plus de cent francs à bâtir ?

Un examen sommaire suffit à nous convaincre qu'en effet l'appréciation est assez juste. Comme plancher, de la terre battue, et mal battue, les murs, un assemblage de planches vermoulues et de plaques de tôle achetées sur des chantiers de démolitions. Quant au toit, le locataire a été obligé de le recouvrir à demi lui-même avec de la paille et de vieilles nattes.

— Eh bien ! poursuit le biffin, quand il voit que nous lui donnons raison, on nous loue cela 1 fr. 50, 2 fr. et jusqu'à 2 fr. 50 par semaine. Rien qu'à 1 fr. 50, combien cela fait-il par an ?

— Soixante-dix-huit francs !

— Pour cent francs que le propriétaire a déboursé, ajoute notre biffin, soixante-dix-huit francs ! Croyez-vous que ça ne fait pas « ressauter ». Vous parliez de crédit tout à l'heure ! Ah ! bien oui ! Tenez, v'nez avec moi, vous allez voir !

— C'est la piaule d'un copain, reprend-il, en montrant du doigt une autre cabane, qui, nous le remarquons tout de suite, n'a pas de porte.

— Justement ! Samedi dernier, après avoir « cassé la pile », cet animal-là a tout bu. Ben voilà, on doit payer tous les samedis, alors on y a enlevé la porte de sa carrée. Aujourd'hui c'est samedi, s'y paye pas, on le fichera dehors.

Nous regagnons avec notre compagnon la salle du mastroquet où nous l'avons rencontré et devant le zinc nous lui disons.

— Mais alors puisqu'on peut construire une cabane à si bon marché, pourquoi n'amassez-vous pas quelques sous. Vous seriez libre chez vous.

Le biffin n'achève même pas de vider son verre. Il s'interrompt et hausse les épaules.

— Bien sûr, dit-il qu'on devrait le faire. Faudrait même pas cent francs ! pour sûr. Avec rien, des boîtes à sardines, quéqu' planches et du mâchefer. On n'en est pas sur la question du luxe, nous autres, seulement, voilà, faut louer un terrain. C'est pas cher qu' vous direz. J' sais bien ! Faut tout de même avoir l'argent ! Sûrement qu'on s'rait plus tranquille, qu'on s' goberait chez soi ! Mais allez donc faire des économies. On mange déjà deux fois rien ! Alors quoi faudrait pas boire. Y a pas moyen. Qué qu'vous voulez !

Ces paroles-là sont dites avec un tel accent de sincérité, avec une telle résignation, que nous en comprenons tout le sens caché, toute la portée philosophique. C'est l'aveu, la constatation de l'irrémédiable misère.

— Faudrait pas boire ! Y a pas moyen !

Et comme s'il devinait à quelles réflexions intimes nous nous livrons, le Marquis ajoute : Y a pas à dire, quoi, c'est nous les pauvres, c'est nous qui s'ront toujours les exploités.

— De quoi ! qu'est-ce que tu racontes-là Marquis, intervient le bistro. Des exploités. Eh bien ! est-ce que tout le monde l'est pas. Faudrait-il pas vous donner des rentes à vous autres.

La réplique du père Victor — c'est le nom que lui donnent les biffins —.n'est pas relevée par le « Marquis ». Affalé derrière son comptoir l'empoisonneur continue de tirer d'un brûle-gueule des bouffées de fumée puant le mégot.

Dans la ruelle, une bande de marmots joue à se lancer de la boue. Ils sont noirs et sales à faire peur, et sont loin d'avoir la robustesse des enfants des paysans. Une petite fille a autour des yeux des cercles rougeâtres qui suintent l'humeur. Elle y porte ses mains et se barbouille le visage d'une façon lamentable.

Presque tous à chaque instant se grattent, s'écorchent. De la gourme emplit jusqu'aux yeux leurs petits crânes déprimés, colle leurs cheveux par paquets. L'état misérable de ces pauvres petits apparaît davantage encore que celui de leurs parents.

Que pourront-ils devenir sinon victimes dans leur sang de l'alcoolisme des pères, de pauvres êtres faibles et vicieux, condamnés d'avance à la misère.

Un bruit de ferrailles entrechoquées se fait entendre au dehors et vient interrompre nos réflexions. Le biffin s'est levé.

— V'là les copains qui rentrent, dit-il, en gagnant la porte. C'est déjà plus de neuf heures.

Nous le suivons dehors. Comme presque toutes les cités de chiffonniers, celle où nous nous trouvons est uniquement formée par une ruelle en cul-de-sac.

Point de trottoirs, les cabanes ont accès de plein pied sur la chaussée au milieu de laquelle coule un ruisseau fétide.

Une dizaine de gamins viennent de déboucher dans la ruelle, portant qui, un sac, qui, une hotte, et devant eux, une fillette ébouriffée, jolie sous ses haillons comme une petite mendiante des contes de fée, entrechoque en riant deux casseroles défoncées.

Une première voiture a bien fait son apparition, et ne pouvant faire autrement, tant la ruelle est étroite, emprunte les profondes ornières que remplit une eau stagnante.

La charge de la carriole est écrasante, en vérité. L'homme a chaud, il s'éponge le front du revers de sa manche. La poussière délayée balafre son visage de traînées noires.

Une deuxième, une troisième carriole viennent de pénétrer dans la cité au bruit des essieux grinçants. Des femmes apparaissent aussi, rouges, dégrafées, n'en pouvant plus sous le poids des sacs qui n'avaient pu trouver place dans les carrioles.

D'instant en instant de nouveaux personnages apparaissent, revenant de la tournée matinale. C'est samedi, jour où « l'on casse la pile », selon l'expression consacrée, et tout le monde s'est hâté de rentrer à la cité.

Il faudrait la plume d'un Gautier pour décrire aussi saisissants, aussi merveilleux qu'ils sont tous les types qui nous défilent sous les yeux pendant une demi-heure. Ils semblent encore emprunter de la singu-

3.

larité au stock d'objets bizarres qu'ils retirent de
leurs sacs, de leurs hottes, qu'ils jettent pêle-mêle
dans l'intérieur de leurs masures.

Un enragé gamin tire depuis quelques minutes des
sons uniformes et perçants d'une vieille clarinette
dont la moitié des clés est absente, et nous remarquons, non sans stupeur, la tête en plâtre d'une Béa-
trix émergeant entre deux sacs au faîte d'une carriole.

Peu de placiers comparativement dans cette cité.
Elle est surtout occupée par des débutants, de « jeunes
ménages ». Dix-huit ans le garçon, quinze ans la fille,
on les voit revenir côte à côte. Ils auront un héritier
dans quelques mois, quelques semaines peut-être, et,
courageux au « turbin », la gosse de quinze ans
porte encore la hotte et la portera jusqu'au dernier
moment de sa grossesse.

De tous côtés les conversations se sont engagées. Il
y a bien maintenant dans la cité une cinquantaine
d'hommes, de femmes, qui déjà se sont remis au travail, ont déchargé les sacs et remisé la carriole, s'ils
en possèdent une, ont accroché la hotte dans leur
cabane.

Il s'agit de trier la récolte du matin et tout le
monde s'y met avec ardeur. Les chiffons sont séparés
en plusieurs catégories : laine, soie, coton et toile.
Cela s'exécute avec une prestesse inouïe. Point n'est
besoin d'examen.

Les os, eux aussi, sont l'objet d'une classification
attentive. On commence par râcler avec soin la graisse

qui — trop peu souvent — y est restée attachée. Les plus
beaux sont mis à part, pour être travaillés. Les autres serviront à faire du noir animal ou de l'engrais.

A mesure qu'une marchandise est triée, elle va rejoindre dans un sac la récolte des jours précédents.
Nous assistons à un bien curieux spectacle. Sur le
plancher de terre battue, c'est un fouillis inimagina-
ble, un mélange d'objets les plus disparates et que
nous renonçons à énumérer tous. Il y a de tout, du
cuivre, du plomb, de vieilles chaussures, des bouchons, et le hasard, avec une ironie féroce, s'y livre à
des rapprochements inattendus. Une décoration de
libre-penseur pourra bien s'échapper des feuillets
entrebaillés d'un vieux livre de messe, à côté d'une
brochure anarchiste qui, elle-même — miracle des
rencontres — est à demi cachée par le talon oppres-
seur d'une botte de sergent de ville.

Les cheveux autrefois, lorsqu'on les ramassait dans
ce désordre général, étaient l'objet d'attentions spéciales. Ils allaient rejoindre dans un broc de zinc, par
exemple, la provision de la semaine. Les papiers aussi
forment trois tas, blancs, imprimés et gris. Le triage
est terminé.

Il faut croire qu'il ne reste plus un sou a la maison
car l'homme houspille la femme et les gamins.

— J' la « crève », dit-il! Allons ouste ! qu'on puisse
« bâfrer ».

Le marchand n'est pas loin, heureusement. De l'extrémité de la ruelle, on aperçoit le hangar qui lui
sert de magasin. Nous avons suivi par curiosité les

premiers groupes qui traînent jusque-là leur carriole.

C'est un peu moins sale que dans la cité, mais ce l'est encore suffisamment. De tous côtés, des sacs s'étagent jusqu'au toit de solives recouvert de carton bitumé. Il y a juste, entre les sacs, l'espace nécessaire ·pour aborder à une bascule auprès de laquelle se tient une grosse matrone dont les petits yeux gris et clignotants semblent déjà supputer le poids des sacs de « camelote ».

Point de bonjour échangé. Sans préambule un premier sac est mis sur la bascule. Ce sont des chiffons. Le biffin se penche pour vérifier le poids.

— A propos, mes enfants, s'écrie le marchand, vous savez, à partir d'aujourd'hui, les gros de campagne ne valent plus que 18 francs. Ça diminue. Ça tombe à rien...

Le chiffonnier a lâché du coup le sac d'os qu'il allait mettre sur la balance. Il laisse retomber le long du corps ses bras qui allaient soulever le fardeau. Pendant quelques secondes, hébété, il reste muet, la stupeur se lit sur son visage.

Puis tout d'un coup sa colère éclate et, par habitude sans doute, la femme et les gosses se reculent.

— N. de D., lâche-t-il en serrant les poings. C'est pas vrai, c' t'histoire-là, la mère. Alors quoi, 15 francs maintenant, 3 francs d' moins !

— C'est comme ça ! reprend la matrone sans s'émouvoir. J' vous conseille de vous plaindre, vous autres. J' voudrais bien vous voir à ma place. Je perds un argent fou. j'vous achète à quinze. et si ça baisse encore, je ne trouverais peut-être pas à r'vendre à quatorze.

— Et puis tenez, ajouta-t-elle, le journal en parle, de la baisse, vous n'avez qu'à voir.

Tout en parlant, elle a pris à côté d'elle un exemplaire du *Journal des Chiffonniers, de l'Effilochage et de la Papeterie* et fait mine de le tendre.

— J'm'en f... du journal, reprend l'homme. On y met c'qu'on veut ! C'est-y l'journal qui nous empêchera d'crever d'faim, N. de D... Quinze francs! On n'a jamais vu ça nulle part ! Pourquoi pas dix pendant qu'on y est.

D'autres biffins se sont approchés. Des voix de femmes s'élèvent pour protester ; un souffle de révolte parcourt l'assistance. Pendant quelques minutes c'est un tapage assourdissant.

Finalement, le premier biffin se décide.

— Allez ! combien ça fait, dit-il, avec une expression de rage. C'est quinze francs, c'est quinze francs, y a pas à chercher ! Apporte les sacs, toi, Mélie ! J'en ai soupé !

Violemment, comme ayant hâte d'en finir, il bouscule la marchandise pour apaiser son envie manifeste de « cogner ». Il ne pense même plus à vérifier les poids.

La matrone à mesure qu'elle pèse inscrit la somme sur une ardoise accrochée au mur. Les nouveaux venus, sous le hangar, continuent de discuter.

L'argent empoché, l'homme s'arrête sur le chemin suivi de la femme et des gosses qui traînent la car-

riole Il rage encore, tout en palpant entre ses doigts
calleux les pièces blanches qu'il vient de recevoir. Du
coin de l'œil, la femme guette le manège.

— Tu sais qu'il faut payer la chambre. dit-elle en
s'approchant.

— Tu la paieras si tu veux, moi j' m'en fous, je me
fous d' tout, déclare le biffin. Tiens voilà. Arrange-
toi, j'vas dire bonjour au père Victor.

Et, traversant la rue d'un pas délibéré, il pénètre en
face chez le bistro. Dans quelques minutes, l'absinthe
lui aura fait oublier sa rage, ses pensées de révolte se
seront dissipées. en même temps que l'alcool au goût
de vernis fera monter à son cerveau les précieuses
bouffées de l'illusion et de l'oubli.

* * *

C'est plus que jamais le moment propice pour exa-
miner nos biffins chez eux. dans leurs cabanes. Mu-
nies des quelques piécettes, produit de la vente de
tout à l'heure, les femmes ont acheté le litre de vin et
les quelques victuailles nécessaires au repas. Les
hommes ne sont pas encore là. Debout devant le zinc
du père Victor, ils s'enfilent la purée, et causent sans
doute de la baisse du « gros de campagne ».

Peu compliqué, le mobilier de ces cabanes. Un
grabat, une table boiteuse et deux ou trois escabeaux,
il n'y a pas autre chose la plupart du temps. Mais le
biffin a demandé à la poubelle de lui compléter son.

mobilier, comme aussi, ce n'est pas rare, il lui demande de lui fournir ses aliments.

Presque tous les ménages possèdent en effet un assortiment de pots, d'assiettes ébréchées, de couverts tordus, de casseroles bosselées, qui, évidemment, ne sortent pas des magasins de quincaillerie. Nous avons remarqué que, si pauvres soient-ils, tous les ménages possédaient une cafetière. Les chiffonniers font une grande consommation de ce breuvage, qui, considéré par beaucoup de personnes comme superflu, leur est, à eux, presque indispensable. Cela n'est pas fait pour nous étonner. Les mineurs aussi, population laborieuse et misérable, ne sauraient se passer du café, cet excitant de l'énergie.

Les biffins le boivent à pleins bols et l'appellent pittoresquement « de l'eau tourmentée ». Vérité, s'il en est une. Le matin, dans les rues de Paris, on les voit souvent mettre de côté avec soin de petits paquets qu'ils prennent bien garde de ne pas exposer aux chocs. Soyez certains que c'est du marc de café qu'une concierge ou une cuisinière compatissante leur réserve. La dépense, de cette façon, se réduit presque à rien, au sucre, et si le café est moins fort, ils en boivent davantage.

Ce qu'ils font pour les résidus de cafetière, les chiffonniers le font aussi pour les comestibles. Leur misère les force à ne rien dédaigner.

Leurs recherches dans les poubelles leur sont, du reste, facilitées par les attentions de bonnes âmes compatissantes. Il y a des ménagères qui se reprocheraient d'avoir jeté des aliments. Viandes ou légumes — ayant été parfois, il est vrai, un peu gâtés par la chaleur, — sont enveloppés par elles dans un journal, et le matin, en vidant leurs ordures, elles déposent le paquet bien en vue.

On pourrait croire que dans les quartiers aisés surtout, ces faits devraient se produire. Il n'en est rien, au dire des biffins.

Il arrivera sans doute que Madame appellera la cuisinière pour lui dire :

— Ce morceau de veau sent légèrement le brûlé, vous l'envelopperez comme il faut pour qu'il ne soit pas souillé et vous le donnerez aux chiffonniers

La cuisinière emporte le plat, et Madame — on ne jurerait pas qu'elle n'est émue, — se penche vers Monsieur pour lui dire :

— Il faut bien penser aux pauvres gens.

— Vous êtes un ange, répond Monsieur, enchanté de pouvoir jouer aussi son rôle dans cette petite comédie de la philanthropie.

Ou bien, une autre fois, c'est une boîte de homard que Monsieur, « qui s'y connaît, puisqu'il a un oncle dans la partie », déclare dater de plusieurs années.

— Ah ! ces marchands ! Pour le chiffonnier aussi, la boîte de homard.

Si la cuisinière est novice, si elle en est à sa première place, elle obéit, et le lendemain matin, le biffin déjeune « chez la mère la Rue ». Mais si elle a déjà fait quelques boîtes, elle envoie au diable le chiffonnier, et, en faisant son marché, elle vend à un marchand d'« arlequins » le morceau de veau ou la boîte de homard.

Les cuisiniers des restaurants n'abandonnent pas non plus aux chiffonniers les « rogatons » ni même les os. Ils en trafiquent pour leur compte personnel, et beaucoup de cuisinières de maisons bourgeoises faisant de même, les poubelles ne sont guère plus avantageuses dans les quartiers riches que dans les centres populeux.

Parfois, la sollicitude anonyme d'une brave femme se traduit d'une façon qui serait comique, si elle n'était touchante. Un œuf à la coque, seulement entamé, sera rebouché avec de la mie de pain et mis dans une petite boîte de carton, en compagnie d'une demi-côtelette.

Aubaines que tout cela pour le biffin, qui ramasse bien d'autres choses, depuis des feuilles de salade et de choux jusqu'à des haricots qui ont durci au lieu de cuire.

Sur les tables boiteuses des cabanes, tandis que les fourneaux s'allument en plein air, nous les voyons, tous les petits paquets de victuailles rapportés de la tournée du matin. Il faut avoir le cœur solidement placé pour assister sans broncher à ce déballage, qui allume des convoitises dans les yeux des marmots déguenillés.

La poêle fume bientôt sur le fourneau. Une odeur de suif emplit la cité, sort de toutes les cabanes où s'apprête le repas. Des chats étiques viennent rôder, miaulent et reniflent.

Mais les hommes s'oublient chez le bistro.

— Va chercher ton père, Mélie, crie la femme sans quitter sa position accroupie devant le fourneau. D'une main, elle tient la queue de la poêle, de l'autre avec une fourchette, elle remue de temps à autre.

Arracher le père à son « absinthe », ce n'est pas facile. La femme sait bien qu'elle s'attirerait une rebuffade, mais la gosse, elle, a l'habitude.

— Dis donc, papa, dit-elle. maman a dit comme ça qu'c'était prêt.

Et le père se laisse tirailler par les manches. Il vide son verre et s'en vient. Le bistro se vide en un instant.

Miraculeux effet de la liqueur verte ! Les visages ont changé d'expression. De farouches, les regards sont devenus brillants et presque joyeux. Les poings ne se crispent plus avec rage, comme tout à l'heure, lorsqu'on a appris la baisse du « gros de campagne ». Cette transformation, nous l'avons déjà vue s'opérer dans les faubourgs, dans les salles peinturlurées des bars à trois sous, et nous nous prenons à songer qu'il n'y aura pour certains pas de motifs de trembler, tant que l'alcool, poison engourdissant, anéantira, sucera comme une pieuvre jusqu'aux dernières gouttes d'énergie des miséreux.

*
* *

Le silence s'est presque fait dans la cité grise, noire, et comme patinée de moisissure. ce silence qui, chez les pauvres, accompagne le repas. L'odeur de graisse stagne dans la ruelle, emplit l'atmosphère déjà lourde et malsaine. Quelques chiffonniers moins à l'étroit que les autres ont autour de leur cabane quelques mètres de terrain — leur jardin dont ils disposent à leur gré. Mais, point de légumes poussant sous le soleil et s'engraissant des eaux grasses du ruisseau, encore moins de fleurs. Les tessons de verre et de faïence, les débris de toutes sortes emplissent l'espace disponible. Cela forme des amoncellements, que la poussière et la boue — reines de la cité — colorent de teintes uniformes. Des peaux de lapin sèchent à des clous, sur les murs extérieurs des cabanes. Tout cela possède un air misérable, malsain, et comme honteux qu'on ne se souvient pas d'avoir vu ailleurs aux habitations des autres hommes.

Plus de bruit. On mange. Seulement des cris de marmots et de temps à autre un juron dominant au bruit de vaisselle brisée. Les estomacs s'emplissent des rogatons réchauffés pêle-mêle. Le vin violet, chargé de matières étranges qui forment un dépôt au fond des verres, le vin lave les gosiers, chauffe les estomacs, fait « couler » le grossier aliment.

Au fond de la cité, où la ruelle finit devant un mur lézardé, un bruit de voix jeunes attire notre attention. Il y a là quatre ou cinq cabanes, des chambres plutôt, attenant les unes aux autres, et pour ces cinq « carrées », on compte bien une vingtaine d'habitants. Ce sont les jeunes gens, garçons et filles, dont le plus vieux, certes, n'a pas vingt ans. Ils vivent en commun, couchent à quatre, à six, sur le même lit de paille ou de chiffons, dans une sorte d'inconscience de leur état, et du degré de misère où ils en sont arrivés.

Cette promiscuité n'est pas sans donner lieu à des scènes de pugilat, à des querelles, et sans engendrer des mœurs abjectes. Il y a là des enfants de quinze ans dont la grossesse s'accuse avancée, des garçons du même âge qui, imberbes et malingres, se saoulent chaque fois qu'ils ont quelques sous en poche, jurent et sacrent, et pour la canaillerie de leurs propos tiendraient tête à de vieux forçats.

Ce sont tous des enfants de biffins. Depuis plusieurs années déjà, ils ont quitté leurs parents, et la plupart ne doivent même pas se souvenir du nom de leur père.

Ils vivent comme ils peuvent, du produit de leurs « courses », car ils n'ont pas encore de place à eux. D'ordinaire, à cette heure-ci, ils sont repartis en « seconde », sur les champs de gadoue, mais aujourd'hui samedi, il n'est pas question de « turbiner ».

Hommes et femmes, après le repas plus substantiel que d'habitude, prolongent le plaisir qu'ils éprouvent à rester sans rien faire, à demi allongés, le regard vague.

Un engourdissement s'empare d'eux lorsqu'ils ont absorbé l'eau tourmentée largement arrosée d'alcool. Les marmots seuls piétinent dans les ornières de la ruelle. Dans les cabanes, les hommes s'assoupissent, les femmes vont et viennent, « n'en finissent pas de tourner et de virer », selon leur expression, de laver la pauvre vaisselle et d'user sur la terre battue les rares fibres de leurs balais.

Dans l'après-midi, la salle du bistro s'emplit. Les hommes s'y retrouvent au saut de leur grabat, riches encore de quelques sous qui restent de la vente du matin, disposés d'avance à la saoulerie. Il ne reste bientôt plus une place de libre autour des tables. On joue aux cartes, à même sur le bois, parmi les flaques de vin renversé.

Les femmes, les jeunes surtout, ont suivi leurs hommes chez le père Victor, et jouent aussi, les coudes sur la table, la gorge visible par les déchirures du corsage, le cou, le visage et les mains veinés de crasse.

Les parties se succèdent sans interruption, les verres se remplissent à mesure qu'ils sont vidés, les gros sous prennent le chemin du tiroir que le père Victor ferme à clef chaque fois.

Un type étrange, le père Victor. Une vraie brute ! Haut de deux mètres au moins, épais, carré, solide et musclé comme un taureau. Des bouquets de poils gris emplissent l'excavation de ses oreilles, ses doigts sont velus jusqu'aux ongles, son regard perçant et rusé s'agite sous des sourcils énormes et roux. Les biffins racontent qu'il fut autrefois en Amérique, et, confidentiellement, ajoutent qu'il a des accointances avec la « rousse ».

Dans l'angle aigu que fait la salle, en dessous d'une rangée de bouteilles aux étiquettes multicolores, au milieu d'un groupe qui cause avec chaleur, nous apercevons notre « Marquis ».

Lui aussi a « cassé la pile », et les nombreuses libations auxquelles il s'est livré ont sérieusement compromis ses facultés d'équilibre.

— Eh bien ! mauvaises nouvelles, lui disons-nous. Le « gros de campagne » a baissé de prix.

— Ben oui ! répond-il en dodelinant la tête d'un air goguenard. Bah ! nous en verrons bien d'autres avant de crever, est-ce pas, les aminches ! Moi, je ne gueule pas. A quoi ça sert-il. Après on nous accuse d'être des voyous, des rien du tout. Seulement, j'suis d'avis que ça va mal. On a beau turbiner depuis dès trois heures du matin jusqu'au soir, y a plus moyen de vivre !

La salle du bistro est bondée maintenant. Le père Victor circule entre les bancs, n'arrête pas de servir les chopines et les verres d'eau-de-vie. On joue toujours, on crie, on jure. Les brûle-gueule et les cigarettes ont empli l'étroite atmosphère de nuages de fumée âcre qui picote les yeux.

On se met à son aise. Certains ont retiré leurs « feuilletés ». Des poitrines velues et tatouées apparaissent dans l'entrebaillement des chemises crasseuses. On a chaud, et les femmes que gagne une torpeur, font prendre l'air à leurs jambes maigres, nues sous la simple jupe.

La boisson dans tous les estomacs met une chaleur inaccoutumée. La tristesse de l'allure et du regard se dissipe. Une langueur emplit les yeux qui se ferment à demi. La tête renversée, les femmes s'étirent. bâil-

lent, montrant leurs aisselles moites de sueur, et les
« salières » de leurs gorges.

On assiste comme à une transfiguration de tous ces
visages mornes et résignés d'ordinaire et que l'alcool
illumine, extasie. Des vides se font. Des couples, en
s'enlaçant, ont pris furtivement le chemin de leur
cabane. L'amour aussi triomphe, le désir plutôt, dans
cette résurrection factice.

Rien de plus intéressant à étudier qu'une physionomie de biffin. Les rides y sont profondes, accen-
tuées, la barbe inculte, les cheveux en broussailles
encadrent d'une façon saisissante la bouche amère et
les yeux dont l'expression hagarde, s'anime dans
l'ivresse. Le regard devient fauve et se charge d'éclairs
métalliques.

La saoulerie bruyante prête à ces miséreux l'expression hautaine, la voix cuivrée que devaient avoir
dans leurs festins les hommes des premiers âges. La
seule joie qu'ils aient, qu'ils puissent avoir, ils la
doivent à l'alcool. Joie factice, direz-vous, suivie des
plus sombres rechutes ! ! !

Eh ! que leur importe à eux, les pauvres, les ignorants, les parias. Au nom de quelle morale, qu'ils
ignorent, de quels sentiments peut-on leur demander
d'être toujours sobres et dignes ?

Ivres, ils oublient tout, la misère de leur existence,
le labeur ingrat de chaque jour, la tare peut-être,
au nom de laquelle la société les a chassés de son
sein. Dans les rues, le long des ruisseaux, ils mar-
chent les yeux vers le sol. Leur front disparaît sous

un feutre à larges bords et nous n'apercevons que leurs yeux tristes.

Aujourd'hui, c'est l'ivresse, c'est l'oubli jusqu'à demain. Le chapeau est à terre, et l'homme, le torse droit, le geste hardi, les reins cambrés et le regard cherchant l'horizon, entonne à plein gosier une chanson dans une magnifique explosion de vie et de rudesse.

CHAPITRE III

Lorsqu'ayant dépassé l'emplacement du Marché aux Puces, on continue l'avenue Michelet, plus loin un peu que le cimetière de Saint-Ouen, on trouve sur la droite, après le pont du chemin de fer, deux cités voisines l'une de l'autre. Ce sont les cités Millet et Coiffrel.

Parmi toutes les cités que nous avons visitées, aux Gobelins, à Clichy, aux Epinettes et ailleurs, aucune n'atteint en malpropreté, la cité Millet.

C'est une ruelle, une impasse, tout juste assez large pour livrer passage à une carriole. Dès les premiers pas, une odeur spéciale, caractéristique, vous saisit à la gorge, odeur de moisi, de fumier, de graisse, dont il est impossible de dire l'impression écœurante. Sous le soleil, la lèpre des cabanes se sèche, et mélange ses vapeurs à celles émanant des bourbiers, des ornières qu'emplit une vase noire.

Jusqu'à son extrémité la ruelle est bordée de cabanes, les unes, les plus misérables, faisant face au chemin, les autres ne lui offrant qu'un de leurs côtés, ayant devant leur porte une sorte de cour encombrée d'objets de toutes sortes.

Il faut aller là, à onze heures du matin, lorsque les

4

biffins sont rentrés de leur tournée et que, chacun chez soi, ils s'occupent au triage. A chaque nouveau coup d'œil que l'on jette à droite ou à gauche, l'impression qu'on ressent de se trouver au milieu d'une population spéciale, effroyablement misérable s'accentue.

Sans être un sentimental, il est tels spectacles qui commandent la pitié, qui la font triompher du dégoût. Voici par exemple, au milieu d'une courette absolument recouverte d'au moins trente centimètres de chiffons, de papiers sales plutôt, deux marmots à moitié nus, qui grignotent du pain guère moins noir et souillé que leurs petits membres.

Si l'on jette un coup d'œil dans la cabane, un assemblage de matériaux hétéroclites — on aperçoit un homme et une femme, accroupis sur le sol, et travaillant sans mot dire.

Comme meubles, il n'y a rien, à peine un grabat. La cabane elle-même appartient aux chiffons, aux détritus. Des loques sèchent sur des cordes, masquant l'unique fenêtre dont les vitres sont absentes, interceptent à demi l'ouverture de la porte minuscule.

Des molosses rôdent parmi les tas, déterrent des os, pissent un peu partout. Les quelques écuries qu'il y a pour les ânes ou pour les chevaux, exhalent dans la cité une haleine chaude et infecte.

Cela se continue pendant deux ou trois cents mètres. Quand on est arrivé au bout, il semble qu'on vienne de traverser — à deux mille lieues de Paris, — le campement d'une tribu hottentote, — pis encore.

d'une race spéciale d'êtres à demi humains éclos de l'ordure et se vautrant sur elle.

Voici, assise sur un pavé, le bas de sa jupe traînant dans la boue une femme qui tient dans ses bras un enfant de quelques mois. Dans peu de temps, elle donnera le jour à un autre. La marmaille pullule, crie dans les cabanes, emplit la ruelle, se vautre, se bat.

D'aucuns de ces enfants font pitié à voir, avec leur figure pleine de gourme, où l'humeur se mélange à la crasse, à la fange du ruisseau. Ils vont et viennent : tête nue, jambes nues, et dévisagent l'étranger avec un regard hébété et craintif.

Et toujours d'un bout à l'autre de la cité, l'odeur atroce vous prend à la gorge, a l'air de couler au ras du sol en longs effluves empestés. On a hâte de se retrouver dehors, sur l'avenue Michelet.

Fatalement, à l'entrée de la ruelle, il y a un « bistro ». un débitant de boissons. Pourquoi celui-ci a-t-il pris comme enseigne deux drapeaux tricolores? Est-ce par ironie ou par patriotisme. Dans le premier cas, il n'eût pas mal fait non plus d'inscrire sur sa façade la si belle devise qu'on oublie trop : *Liberté, Égalité, Fraternité.*

Tout à côté, l'autre cité apparaît tout de suite moins misérable. On est obligé d'établir des degrés dans l'horreur et de juger par comparaison. On y voit quelques cabanes entourées de verdure et de fleurs et le regard s'attarde avec satisfaction sur quelques rares fenêtres ouvrant leurs rideaux — ô merveille — au soleil.

Néanmoins, il faut sortir de la cité Millet pour découvrir quelque apparence de gaîté à celle-ci. Il y a bien encore des taudis infects, des tanières où l'on peut à peine se tenir debout, et où les habitants piétinent en guise de tapis d'innomables détritus.

Sur la large avenue Michelet, les tombereaux de gadoue passent, se dirigeant vers Saint-Denis et Gennevilliers. Quelques carrioles de biffins en retard roulent en grinçant, chargées à outrance, avec leurs chiens tirant entre les deux barres de bois qui leur servent de brancards.

Tombereaux, carrioles, corbillards aussi, car c'est le chemin tracé pour se rendre au cimetière de Saint-Ouen, déambulent parmi le bruit des trompes des tramways électriques, et l'animation du Marché aux Puces. Le spectacle est curieux, bizarre et triste. Bientôt ce sont les talus des fortifications, les sifflements aigus du chemin de fer de ceinture, les maisons hautes, Paris, et derrière soi à moins d'un kilomètre on laisse la cité Millet qu'on pourrait bien appeler plutôt cité de la misère.

Pour être maintenant dans l'intérieur de Paris, nous n'en avons pas fini avec les cités de chiffonniers.

Dans la rue du Ruisseau, il en existe une autre plus petite, la cité du Mont-Viso.

Elle s'ouvre sur une sorte de passage qui dévale entre les maisons d'ouvriers. C'est une sorte de cour, profonde d'une cinquantaine de mètres et bordée de cabanes dont l'une, avec son premier étage orné d'un balcon de bois, où sèchent des loques, ne ressemble pas mal à quelque taudis espagnol des faubourgs de Valence ou de Séville.

A l'ombre, étendus à leur aise, des hommes sommeillent. Là aussi, nombre de marmots dévêtus, font un tapage infernal. On pourrait se croire au milieu d'un village cafre.

Nous sommes venus armés d'un appareil, et tandis que nous opérons un instantané, une sérénade à notre adresse se fait entendre. On nous prend sans doute pour « de la police » car nous entendons entre autres choses.

— Qu'est-ce que ça peut leur.... fiche qu'on soit malade!

Pourtant, d'un groupe qui nous regarde avec curiosité, une mégère se détache et vient nous dire.

— Moi, j'veux bien être photographiée, seulement, vous savez, avec un verre d'absinthe à la main.

Nous protestons que nous venons d'employer notre dernière plaque. Mais la femme nous accompagne, nous devons écouter ses déclarations. Ce n'est pas une chiffonnière, elle. Nous l'indignons en le lui demandant.

— Moi! mais vous n'en trouverez pas deux, comme moi, dans tout Paris. Je fais tous les métiers. Ainsi, je vends dans les fêtes foraines, mais en ce moment-ci, je tire les cartes dans les lavoirs.

— Tenez, fait-elle en plongeant la main dans sa poche et en nous montrant une poignée de gros sous. Voilà! Les ménagères font un peu moins bien leur lessive et elles me donnent deux sous. Avec cela, on peut boire l'absinthe.

4.

C'est vraiment un type curieux que cette mégère avec ses cheveux blancs, ses lèvres moustachues, son cou décharné où la crasse fait des bourrelets. Elle ne veut pas nous laisser partir.

— Voulez-vous venir chez moi, dit-elle, sur un ton confidentiel. J'ai des choses à vous montrer, des choses..., çà vous intéressera, vous verrez.

Nous échappons enfin à l'interrogation de ce regard aigu de proxénète... évidemment, et nous la voyons pénétrer chez le « troquet » qui là encore, occupe le coin du passage.

Tout à côté, dans la rue Letort, nous découvrons une autre cité, la cité Thibeaux. Ce ne sont pas des chiffonniers qui l'habitent. C'est dire que la malpropreté y est moindre quoique encore suffisante.

En face, dans un terrain enclos de palissades, une vingtaine de voitures de romanichels sont alignées sur deux rangs. Ce sont les marchands de balais, de paniers que fabriquent eux-mêmes ces nomades. Le terrain leur est loué, ils sont chez eux. Malgré la présence de-ci, de-là, de quelques tas d'ordures, nous devons dire en toute justice que sous le rapport de la salubrité, il n'y a pas de comparaison à établir avec les cités des chiffonniers. Nous assistons au déjeuner en plein air, sur une petite table de bois blanc. La cuisine se fait sur l'herbe du terrain, et dans une sorte de petit hangar la vaisselle est rangée.

. . . .

Ah! Paris, ville monstrueuse, que de misère, que de laideur, que de souffrances tu caches. tu renfermes à côté de tes palais. Que de pauvres diables vivent de toi, de tes splendeurs, de tes ordures, de ce que tu rejettes chaque jour après avoir digéré. Tes rivages de bitume sont arpentés sans relâche par une armée entière qui cherche son pain dans le ruisseau, qui ne le gagne qu'au prix d'un labeur ingrat et abject, et ce n'est pas seulement parmi les chiffonniers qu'il faut chercher les misérables. c'est dans toutes les classes de la société. hélas !

CHAPITRE IV

Le docteur Dumesnil qui sans doute eût été à même de nous fournir de curieux renseignements sur les chiffonniers dont il s'était tant occupé n'est plus.

Une visite à son collaborateur et ami le docteur Mangenot s'imposait. Nous nous sommes donc rendus avenue d'Italie.

Dès les premières paroles, notre interlocuteur se met à notre disposition avec une bonne grâce et une courtoisie dont nous ne saurions trop le remercier.

— Nous avons lu, disons-nous, avec beaucoup d'intérêt l'enquête que vous avez publiée sur les logements du quartier de la Pointe-d'Ivry et qui concerne la cité des chiffonniers de la rue Baudricourt.

— Et vous voudriez en juger par vous-même?... Rien n'est plus facile, interrompit le docteur Mangenot. C'est à quelques pas d'ici. Nous allons la visiter ensemble, s'il ne vous déplait pas de m'y accompagner. Vous pourrez vous-même interroger les habitants.

Nous n'espérions pas un aussi charmant cicerone.

En cheminant vers la rue Baudricourt nous reparlons du docteur Dumesnil.

— La mort l'a surpris comme il préparait un livre entièrement consacré aux chiffonniers, nous dit le docteur. Il devait y traiter aussi la question des gadoues. C'était un partisan résolu de l'incinération et je partageais assez sa manière de voir.

— La question est tout à fait d'actualité, faisons-nous remarquer.

— Oui, le Conseil municipal s'en est occupé dernièrement. J'ignore ce qu'il décidera. C'est très difficile à résoudre. Le docteur Dumesnil avait là-dessus des projets et des plans très applicables. Les expériences qui ont été faites prouvent que la cendre obtenue par l'incinération est utilisable et se vendrait bien. L'hygiène gagnerait beaucoup. Paris est actuellement entouré jusqu'à une distance de quinze kilomètres des fortifications d'un cordon de gadoues en fermentation. Cet état de choses est intolérable. Les agriculteurs, déjà peu friands — pardonnez-moi l'expression — de ces engrais, sont de plus empêchés d'en profiter à cause de la cherté du transport. La meilleure solution au point de vue de l'hygiène est l'incinération.

— Mais les « seconde heure », ceux qui chiffonnent dans ces dépôts de gadoue, protestent. Ils sont nombreux. Que deviendront-ils si on leur enlève leur gagne-pain.

— Justement, voilà pourquoi la question est si ardue, si complexe. Et puis les intérêts des concessionnaires actuels sont en jeu. Plutôt que de perdre mon temps en efforts tout à fait inutiles, j'aime mieux ne m'occuper que des chiffonniers de ce quartier-ci, intervenir dans la mesure du possible pour assainir un peu leurs cités, leur donner des conseils que j'ai quelquefois la satisfaction de leur voir suivre. Je les connais, ils me connaissent de longue date, n'ont pas de méfiance à mon égard. J'entre librement chez eux, ce que ne pourrait pas faire un étranger.

Nous nous sommes engagés dans la rue Baudricourt, bien pavée, éclairée au gaz, bordée de trottoirs bitumés. Rien, jusqu'ici d'extraordinaire qui révèle l'existence de la cité.

— C'est là, nous dit notre guide en désignant un portail ouvert.

— La porte franchie, l'aspect change immédiatement. On se trouve à l'entrée d'une cour assez vaste formant à peu près un parallélogramme bordé de trois côtés par des constructions à rez-de-chaussée d'aspect plutôt misérable.

Au centre de la cour, s'élève un vaste hangar sur les côtés latéraux duquel existent de petits cabanons servant aux locataires de dépôts de chiffons et même d'écurie. Disséminés de tous côtés, des sacs de marchandises, des amas de ferraille, des boîtes de fer blanc donnent à la cité son cachet de couleur locale.

Aussitôt qu'il aperçoit notre guide, le maître chiffonnier, propriétaire, de la cité s'empresse de venir à notre rencontre. C'est un homme de quarante-cinq ans environ, un peu épais, l'air bonhomme, vêtu de velours et coiffé d'une casquette.

Les cabanes que nous voyons autour de nous, et dont, en ce moment, des ouvriers sont en train de réparer le toit de tuiles, lui appartiennent. Il y loge, moyennant 1 fr. 50, 2 francs ou 2 fr. 50 les chiffonniers qui alimentent son commerce de chiffons en demi-gros.

Quant à lui, sa maison d'habitation, élevée d'un étage occupe avec un autre hangar où se fait le triage, un des côtés de la cour.

En somme, comparée à beaucoup de celles que nous avons vues à Saint-Ouen et à Clichy, la cité de la rue Baudricourt, au premier coup d'œil apparaît moins sale, moins ignoble, davantage aérée.

Devant quelques cabanes même, dans des caisses qu'on a remplies de terre, des fleurs, des plantes grimpantes égayent la cour. Point de ruisseaux aux eaux puantes et noires. L'inévitable fouillis d'objets de toutes sortes, mais sans pourtant, comme cela se voit ailleurs l'épaisse couche de crasse et de moisissure qui donne un aspect repoussant aux boyaux aux passages où le soleil ne luit jamais.

Nous faisons part de nos observations au docteur Mangenot, qui n'en veut pas convenir.

— Venez plutôt visiter les masures, nous dit-il, vous allez en revenir de votre bonne opinion. Assurément, il y a du mieux ici, mais si peu. J'ai beau les gronder, voyez-vous, ces chiffonniers sont plus entêtés que des mulets. Enfin, j'ai obtenu que quelques-uns d'entre eux aient un petit cabanon où ils font le triage de leurs récoltes, et qu'ils n'introduisent plus d'ordures dans leur habitation.

Nous avons pénétré dans la première maison, qui s'est offerte à nous. Le propriétaire de la cité nous accompagne.

Le logement se compose de deux pièces que fait communiquer une porte intérieure. Dans la première pièce, aucun meuble, sinon, au fond. un vieux fourneau de fonte sur lequel s'entassent des objets de vaisselle.

Accroupie à côté d'un tas de chiffons, une femme jeune encore s'occupe à trier. Elle a à proximité de sa main plusieurs petites mannes d'osier qui lui servent à classer les chiffons par espèce. Deux marmots de quelques années, vêtus de loques comme leur mère, jouent et se roulent sur la terre battue qui forme le plancher.

Touchant presque le plafond assez bas de la cabane. des chiffons blancs sèchent sur des cordes. Une odeur de moisi emplit la pièce.

— Bonjour, ma brave femme; dit le docteur Mangenot. Combien êtes-vous ici.

L'homme, qui dormait sans doute dans l'autre pièce, apparait au bruit des voix.

— Nous sommes quatre, répond-il. Ma femme, moi et les deux petits.

— Vous faites donc encore le triage chez vous reprend le docteur en faisant la grosse voix. Et vous dormez la nuit au milieu de tout cela. C'est bien gentil. Vous serez contents quand vous serez malades vous et vos enfants.

L'homme et la femme protestent.

— Mais non M'sieur Mangenot, on fait le triage ici, seulement ce soir. tout sera enlevé. nous aurons vendu.

— Et cela aussi? demande le docteur en montrant les chiffons qui sèchent en l'air.

— Oui, oui, M'sieur Mangenot.

— C'est dans votre intérêt que je vous gourmande et vous ne voulez pas le comprendre. Ne pourriez-vous pas avoir un petit magasin comme en ont vos voisins.

— On tâchera, M'sieur Mangenot. On tâchera seulement on gagne si peu.

Dehors, le patron de la cité explique qu'il ne demande pas mieux de leur louer un cabanon à raison de dix sous par semaine.

— Seulement, dit-il, ils aiment mieux boire un coup de plus et faire leur triage chez eux. Je les menacerai de les renvoyer s'ils ne vous écoutent pas.

Une autre cabane. Dans la pièce qui sert de chambre à coucher, sur un lit dont les draps ont l'air d'avoir contenu de la suie, un homme dort à poings fermés. C'est, sur le sol, le même fouillis d'objets innomables de chiffons empilés, de ferraille même. Sur l'unique table les restes d'un repas, de la vaisselle crasseuse coudoient de la ferraille, des clous, repoussés le long du mur, des litres vides et jusqu'à des chiffons encore.

C'est la femme qui nous reçoit, une matrone barbue.

Le docteur Mangenot interroge :

— A quelle heure se lève-t-il votre mari?

— Oh! m'sieur à trois heures et demie. Y va chiffonner à Bercy.

5

— Vous avez un magasin.

— Oui, répond pour elle le patron. Vous voyez que ça n'y fait rien. C'est pas ça qui les empêche d'avoir des chiffons jusque sur la table où ils mangent.

Paternellement, le docteur Mangenot se prend à faire des reproches. Il prédit la maladie. La matrone promet qu'elle va « faire son ménage ».

C'est le tour d'une autre masure. Dès la porte nous sommes surpris par l'air de propreté, de confortable presque qui y règne. Le plancher est balayé. Un bahut qui occupe le fond de la première pièce supporte de la vaisselle bien rangée. Quelques lithographies ornent les murs dans des cadres luisants. Deux ou trois chaises garnissent l'espace vide.

Une jeune femme coud près de la fenêtre qu'encadre à demi un massif de chèvrefeuilles.

— Nous ne sommes pas chez un chiffonnier ici, demandons-nous étonné.

— Mais si monsieur, répond la jeune femme.

— Vous avez un magasin, n'est-ce pas dit le docteur, tout à son idée fixe.

— Oui monsieur !

— A la bonne heure ! Quand je leur dis à tous ces bougres-là qu'ils pourraient, s'ils le voulaient ne plus être dans la crasse jusqu'au cou. Est-ce que vous avez des enfants ?

— Non, monsieur, répond la jeune femme qui se prend à rougir, pas encore...

En effet, l'excellent docteur n'a pas remarqué que la

taille de la jeune femme était arrondie d'une façon anormale.

— Ah! bien, dit-il, avec un sourire. C'est parfait. C'est très bien. Ayez toujours soin de votre intérieur. Vous y gagnerez la santé et la gaîté.

— Et combien gagnez-vous avec votre mari, demandons-nous à notre tour.

— Oh! ça dépend. Des fois trois francs, des fois quarante sous. Avant on gagnait davantage.

— C'est vrai que tout diminue, ajoute le patron.

Nous disons adieu en la félicitant à la jeune femme. La cabane suivante est occupée par un marchand de mouron, que nous trouvons à sa porte. C'est le père Honoré, un vieux à la barbe inculte, aux petits yeux gris, le seul locataire de la cité qui n'est pas chiffonnier.

Le docteur Mangenot recueille partout des marques de sympathie.

Marchand de mouron! Nous sommes assez intrigué pour notre compte de savoir combien peuvent gagner ceux qui exercent cette profession plus que modeste. Nous ne laissons pas passer l'occasion.

— Ah! ça, vous savez, ça dépend, répond le père Honoré à notre question. J'en fais des fois dix bottes, des fois quinze, des fois vingt quand ça donne en plein. Mais c'est rare.

— Et combien vendez-vous la botte.

— Quatre sous, aux Halles.

— Alors cela fait deux francs, trois francs, et jusqu'à quatre que vous gagnez par jour?

— Oh ! c'est plus souvent quarante sous qu'autre chose, et puis, faut s'en aller le chercher, ce diable de mouron, et vous savez, les paysans ne le font pas pousser exprès pour nous. Ainsi, moi, je vais tous les jours jusqu'à Palaiseau pour en ramasser.

— Et l'hiver, interrompit le docteur, qui derrière son binocle suit la conversation avec intérêt. Quand il gèle ou qu'il y a de la neige dans les champs, vous ne pouvez pas ramasser du mouron. De quoi vivez-vous alors ?

Le père Honoré essaie de détourner la conversation. Il reparle des Halles, de Palaiseau. Mais le docteur le ramène au sujet.

— C'est extraordinaire, dit-il, on ne peut jamais savoir de quoi vous vivez lorsque vous ne travaillez pas.

— De quoi qu'on vit, on mange des briques ! C'est bien simple.

Et le père Honoré, qui nous trouve sans doute trop indiscrets, rentre dans sa cabane et nous laisse continuer notre promenade.

C'est le patron qui nous fournit à sa place l'explication. L'hiver, dit-il, il chiffonne un peu, et il vit surtout du bureau de bienfaisance.

Nous faisons le tour de la cité, nous entrons dans presque toutes les cabanes. Dans l'une, la première pièce où se fait le triage et qui sert aussi de cuisine et de salle à manger donne asile la nuit, au père, à la mère et à quatre enfants. Six personnes qui dorment entassées, à côté de tas de chiffons. La seconde pièce

est également encombrée de marchandises les plus
diverses. L'atmosphère y est irrespirable.

Nous avons par contre la satisfaction de voir plusieurs chambres à peu près propres, où les lits sont
faits, le plancher balayé, la vaisselle des repas rangée.

Complaisamment, le maître-chiffonnier nous offre
de visiter son magasin attenant à sa maison d'habitation.

Quelques personnes y travaillent. C'est le même
spectacle que nous connaissons. Bouchons, ferrailles,
tessons, boîtes de sardines, ficelle, os, chiffons de
laine, de toile et de coton forment des tas distincts.
Les vieilles chaussures sont en grande quantité.

— Ici, nous dit le patron, nous ne classons que
grossièrement les marchandises. Dans ce tas de chiffons blancs que vous voyez, il y a au moins une
dizaine de sortes différentes, et pourtant, ils ont déjà
été triés deux fois, une fois par le chiffonnier qui me
les a vendus, et une autre fois ici. Il en est de même
pour les papiers et cartons, pour le verre cassé. Nous
revendons tel quel aux marchands en gros.

— Faites-vous le commerce des bouteilles portant
une marque?

— Non, mais vous pourrez voir cela à côté d'ici,
dans le passage Debille.

— Et les cheveux?

— Les cheveux! Mais il y a pas mal de temps déjà
que les chiffonniers ne les ramassent plus. Nous ne
trouvions plus à les revendre. Il paraît qu'avec la

nouvelle coiffure qu'elles ont adoptée, les femmes se passent presque toutes de fausses nattes.

Nous sommes à même d'avoir des renseignements exacts. Profitons-en.

— Et ces croûtes de pain, dont voici une pleine manne, disons-nous. Est-il exact que, broyées, les charcutiers nous les revendent sous forme de chapelure, autour des côtelettes et des jambonneaux.

— On le dit, répond évasivement notre interlocuteur, qui fait mine de se retrancher derrière la discrétion professionnelle. Pour mon compte, je les vends par sacs au marchand en gros, et n'en sais pas plus. Cependant, je puis vous dire que tout le pain d'épices à bon marché n'est pas fait avec autre chose.

Nous laissons nos chiffonniers reprendre leur travail.

En somme, malgré l'état de saleté de quelques chambres, nous n'emportons pas une trop mauvaise impression de notre visite à la cité. Sur les dix-sept logements de biffins qui la composent, une bonne moitié n'a pas cet aspect repoussant, cette atmosphère empuantée, méphitique qui sont habituels aux taudis de Pantin et de Saint-Ouen.

— Nous n'avons pas eu un seul malade dans tout l'hiver, nous dit le maître chiffonnier. Avec soixante-dix personnes environ qui vivent ici, c'est joli !

Disons tout de suite que l'état de demi-salubrité dans lequel vivent les chiffonniers de la rue Baudricourt, ils le doivent bien au docteur Mangenot, qui ne leur marchande pas sa sollicitude sous forme de réprimandes et de conseils.

De l'autre côté de l'avenue d'Italie, au pied de la Butte-aux-Cailles, nous voici sur l'emplacement où coulait autrefois la Bièvre, maintenant couverte et transformée en égout.

Sur ce sol, trop mouvant encore pour qu'on puisse y bâtir, des nomades et des chiffonniers se sont installés.

Les nomades habitent dans leurs voitures, font leur cuisine et travaillent en plein air. Certaines de leurs voitures n'ont que 2 m. 10 de long, 1 m. 10 de large et 1 m. 50 de hauteur. Il n'est pas possible de s'y tenir debout. Il ne serait pas possible de s'y coucher non plus, — le lit occupant le fond de la voiture, — si, de chaque côté, au-dessus des roues, il n'y avait un renflement prolongeant de o m. 20 la longueur du lit.

Dans l'enquête sur le quartier de la Pointe-d'Ivry, qu'il a publiée dans *la Réforme Sociale*, M. le docteur Mangenot a dressé une liste de ces nomades. Nous l'avons sous les yeux.

1° Un cul-de-jatte véhiculé sur une petite plate-forme, supportée par quatre petites roues qu'il actionne avec les mains appliquées sur le sol, et sa femme, qui vend du fil et des aiguilles ;

2° Une veuve avec son fils, vanniers ;

3° Un ménage avec cinq enfants, vanniers ;

4° Un ménage avec un enfant, vanniers ;

5° Un ménage avec un enfant, vanniers ;

6° Un autre ménage avec trois enfants, vanniers ;

7° Deux vieillards, dont l'un joue du piston dans un groupe de musiciens ambulants; la femme est marchande de pommes de terre frites ;

8° Enfin, une veuve avec sa fille, âgée de seize ans, toutes deux tireuses de cartes.

Sur le même terrain, à côté de ces roulottiers, des biffins ont établi leur campement. Leurs cabanes sont en bois, en fer, en toile, construites à l'aide de toutes sortes de matériaux, plaques de fer blanc, boîtes à sardines, mâchefer.

La malpropreté la plus repoussante y règne. Plus loin encore, rue Brillat-Savarin, d'autres nomades, d'autres biffins, ont un campement. Chassés d'un endroit, ils vont ailleurs.

Depuis assez longtemps, nous abusons de la complaisance de notre guide. Nous prenons congé du docteur Mangenot, le remerciant sincèrement des renseignements qu'il nous a fournis, et de la courtoisie avec laquelle il nous a accueillis.

Et tout en regagnant la place d'Italie par la rue de la Butte-aux-Cailles, nous songeons que plutôt que des politiciens pérorant, du haut d'une tribune, sur des questions qu'ils ne connaissent pas, il faudrait beaucoup d'hommes, de savants comme lui, accomplissant à petit bruit leur tâche philanthropique.

CHAPITRE V

Habitant Clichy depuis de longues années, s'occupant de questions de voirie et d'assainissement, M. B. Sincholle, ingénieur des Arts et Manufactures, a bien voulu nous donner quelques renseignements sur les chiffonniers qu'il connaît très bien.

Nous le trouvons dans son bureau. Il nous reçoit avec une rondeur caractéristique qui, tout de suite, nous met à notre aise.

— Vous faites un livre sur les chiffonniers, n'est-ce pas. Il y a gros à dire sur eux. Mais, tout d'abord, que vous faut-il ? Des chiffres, des statistiques ou bien des observations personnelles, des indications sur les mœurs, sur la manière de vivre de ce peuple à part.

— Mais, disons-nous, les deux, si vous le voulez bien.

— C'est que, reprend M. Sincholle, nous connaissons bien les chiffonniers, ici. Nous les connaissons de trop, car ils ne sont pas sans nous donner du tourment, lorsqu'il s'agit de les expulser des endroits qu'ils menacent de transformer en foyers d'épidémie.

Nous n'en avons plus guère à Clichy que quatre cents environ. J'ai démoli, il y a une dizaine d'années,

5.

leur plus importante cité, la Cité Foucault, ou Cité de la Femme-en-Culotte, comme vous voudrez, qui datait de 1848. Chaque fois que la municipalité en trouve l'occasion, elle leur donne dix, quinze francs par famille, selon le nombre d'enfants, et les prie d'aller ailleurs.

Du reste, ils tendent d'eux-mêmes à émigrer dans des endroits plus éloignés de Paris.

Ici, quand je vous aurai nommés la Cité Germain, la Cité du Soleil, la Cité de la Botte-de-Paille, le passage Simoneau...

— Simoneau, interrompons-nous, mais n'est-ce pas le nom d'un conseiller municipal de Paris, mort il y a peu de temps.

— Je ne vous l'eût point fait remarquer, répond malignement notre interlocuteur. Maintenant, apprenez que ce n'est pas à la municipalité de Clichy que M. Simoneau doit les honneurs de la plaque murale.

— Nous n'y sommes plus du tout.

— C'est bien simple, cependant, reprend M. Sincholle, qui s'amuse de notre perplexité. M. Simoneau était propriétaire de la cité de chiffonniers qui porte son nom.

— Un conseiller municipal de Paris, nous exclamons-nous. Cela dépasse les bornes de ce qu'on peut imaginer.

— Aussi, je vous livre ce fait sans commentaires.

— Il s'en passe. Et combien M. Simoneau louait-il aux chiffonniers ses cabanes ?

— Deux francs, deux francs cinquante, le même

prix que les autres propriétaires de cités, par semaine, bien entendu. Cela fait les années de treize mois. C'est un placement fructueux. Les taudis de chiffonniers ne coûtent pas plus de cent francs à mettre debout, non certes. Ainsi, calculez. A deux francs seulement par semaine, cela fait cent quatre francs par an. En dix ans mille quarante francs. Rien qu'avec une trentaine de ces cabanes, on arrive à un chiffre respectable de revenus.

— Avec cela, ajoutons-nous, on peut s'offrir le luxe de développer des raisonnements philanthropiques à la tribune du Conseil municipal, de tonitruer contre les « exploiteurs », de se faire une renommée.

— L'exploitation, vous avez prononcé le mot propre, reprend notre aimable et si bien renseigné interlocuteur, il n'y a pas d'autre terme pour qualifier les agissements des propriétaires de cités.

— Mais ne sont-ce pas souvent des maîtres chiffonniers ?

— Vous l'avez dit. Ils louent leurs masures aux biffins qui alimentent leur commerce, leur achètent leurs hottées à des prix dérisoires, usent en plus de cela de faux poids, ont des bascules « truquées » ; en un mot, dépouillent, frustrent et malmènent les malheureux qui les font vivre.

Et M. Sincholle qui, sur ce sujet, qu'on sent lui être familier, parle d'abondance et fort bien, ajoute :

— C'est, d'ailleurs, le seul point sur lequel je concède ma sympathie aux chiffonniers. J'ai longtemps cherché un moyen de faire cesser cette exploitation. Il n'y en a pas, pour le moment. Quant au reste, croyez-m'en, les chiffonniers sont d'irréductibles vagabonds, des êtres intraitables, paresseux, ivrognes, marqués d'un signe, d'une tare cérébrale, et dont la mentalité reste indéchiffrable.

Je les connais depuis longtemps, je les ai étudiés, observés avec persévérance. Moi aussi, j'ai cherché quel remède on pouvait apporter à leur misérable condition. J'ai combiné des projets, étudié des plans de logements hygiéniques. L'expérience m'a convaincu de l'inutilité de tout cela. Il n'y a rien à faire, rien à tenter.

Nous protestons contre cette assertion, qui nous paraît hasardée, mais M. Sincholle reprend :

— Ecoutez cette anecdote. J'ai connu, dans une de nos cités, un vieux chiffonnier, dont la fille, une merveille de beauté, en vint, je ne sais trop comment, à se faire épouser par un avocat. Le jour du mariage, le vieux, qu'on avait décrassé, rasé et vêtu de neuf, ne fit pas trop mauvaise figure, malgré qu'on vît qu'il n'était pas à son aise. Les nouveaux époux allaient habiter en province. Ils emmenèrent le vieux. Eh bien ! quelques jours après, il s'était éclipsé. On le retrouva ici, dans sa cité, fouillant les boîtes comme par le passé. Remmené par sa fille, trois fois de suite, il échappa à toute surveillance, et chaque fois ce fut pour revenir dans la cité. Finalement, on dut l'y laisser. Il ne voulait pas en démordre.

— Je pourrais vous donner d'autres exemples, con-

tinue l'ingénieur, de chiffonniers méprisant le bien-
être, la situation confortable qu'on voulait leur donner, ne demandant qu'une chose, rester ce qu'ils
étaient, sales, déguenillés, misérables et libres.

Ces gens-là, je vous l'assure, ont une mentalité
particulière. Ils sont individualistes, vraiment davantage que ne peuvent l'être tous les Maurice Barrès,
venus et à venir, et d'une autre façon saisissante et
réelle. Sous le rapport des facultés d'association, de
groupement et de responsabilité sociale, il leur
manque un lobe du cerveau. Ils sont indépendants
avec jouissance, avec passion et ne veulent pas
entendre parler d'autre chose.

A la place des taudis infects qu'ils habitent, construisez-leur des maisons claires, bien aérées, réunissant toutes les conditions d'hygiène et de salubrité,
dotées de magasins spéciaux pour les chiffons, et
dites-leur :

— Voici où vous habiterez désormais.

Ils vous regarderont narquoisement, vous lanceront
d'une voix gouailleuse une épithète malsonnante, et
s'en iront camper ailleurs, fût-ce en plein air, vous
laissant, vous et vos logements.

— Pourquoi s'occupe-t-on de nous, disent avec
aplomb leurs porte-paroles. Nous ne demandons rien,
ne voulons rien. Eh bien alors ! Ne pouvons-nous
donc vivre à notre guise sans qu'on vienne s'immis-
cer dans nos affaires. Nous rendons service à la
société, nous donnons chaque année à l'industrie des
millions de marchandises qui, sans nous, seraient

perdus. Nous voulons, en revanche, jouir de notre indépendance.

J'ai connu des êtres bizarres parmi ces porte-paroles. L'un d'eux avait été professeur d'histoire, un autre médecin-major. Il n'y a pas encore long-temps, dans une réunion publique, où M. le docteur Hellet, maire de Clichy, développait des arguments, un contradicteur se leva tout à coup — c'était un chiffonnier, — et s'écria :

— Monsieur le maire, si vous êtes docteur en médecine, je suis, moi, docteur en droit !

Et profitant de la stupéfaction générale, il fit une courte, mais étonnante péroraison.

Cette anecdote nous a fait souvenir d'une autre plus extraordinaire racontée par M. Jules Claretie.

Il avait un jour demandé à un chiffonnier des ren-seignements sur son passé, sur son état actuel. Le biffin lui remit un petit mémoire que M. Claretie n'a pas publié, mais qui, certes devait être fort curieux et ce mémoire portait en épigraphe deux citations : l'une en italien, tirée du Dante ; l'autre en grec !!! prise dans Aristophane.

Et M. Claretie écrivait : Avec quelle jouissance et quelle fierté cet enfoncé de la vie parisienne a dû les tracer, ces caractères grecs qui lui rappelaient son éducation première, son passé, si cher d'autrefois au-jourd'hui disparu.

Non moins étonnante non plus — puisque nous rappelons des anecdotes, cette autre que nous avons recueillie dans un numéro de l'*Illustration* de 1854.

Une nuit, — il s'agit d'un homme de lettres qui, pour faire ses études sur les chiffonniers s'affublait de leur costume et allait boire avec eux, — une nuit, en pénétrant dans un de ces antres, il aperçut au milieu de la salle et gravement assis devant une table, un homme à la figure hâve et amaigrie, mais au regard perçant et intelligent : cet homme était un chiffonnier. A la lueur d'une chandelle fichée dans un goulot de bouteille, et placée à la gauche de cet être mystérieux, l'écrivain vit successivement s'approcher de la table des femmes, des enfants et des hommes dont les vêtements déguenillés et bizarres trahissaient à la fois la misère et le métier.

A chacun d'eux le chiffonnier adressait des demandes, tâtait le pouls, examinait la langue, et selon la gravité du mal, le condamnait au repos ou lui donnait une ordonnance écrite sur un morceau de papier qu'il tirait de sa hotte.

Le romancier, intrigué au dernier point et voulant poursuivre ses aventures jusqu'au bout, s'approcha à son tour, et après un court interrogatoire, reçut l'ordonnance suivante : « Pour te guérir de ta maladie, il te faudrait partager nos misères et te mêler aux luttes sanglantes qui éclatent quelquefois parmi nous. — du.... « d. m. P. (1).

Ces types de chiffonniers ont dû vivre tout un ro-

---

(1) Abréviation qu'emploient les médecins pour désigner la faculté à laquelle ils appartiennent - d. m... P., docteur médecin de Paris; d... m. M., de Montpellier, etc....

man, sans doute, avant d'en être arrivés à prendre le crochet. Que de désillusions ils ont dû essuyer, pour avoir acquis cette résignation, pour avoir abdiqué tout leur passé, pour s'être cuirassés d'indifférence et de dédain.

Lorsque — et c'est rare — reconnaissant une sympathie véritable — cédant à un besoin d'épanchement, ils se sont révélés tels qu'ils sont et qu'on leur dit :

— Mais pourquoi ne cherchez-vous pas à gagner votre vie d'une autre façon, en employant votre instruction, vos connaissances ?

Ils ne répondent pas. Leur regard devient rêveur et chez les moins endurcis, la paupière se mouille.

On dirait qu'ils remontent le cours du passé, qu'ils repassent les événements de leur existence, les drames, aussi leurs amours défuntes, leurs ambitions mortes, leurs crimes oubliés peut-être.....

D'autres ne veulent plus se souvenir, ne veulent rien savoir et, affirmant leur déchéance, lâchent une injure, fustigent d'un mot gras la société des hommes... en même temps qu'une expression farouche s'empare de leur physionomie, que leur regard prend une dureté et une fixité inquiétantes.

Quelquefois, ils disent : C'est bien fait ! je l'ai mérité !

Ceux-là surtout s'entêtent dans leur · abjection, dans ce qu'ils appellent leur indépendance. Ils sont les ennemis jurés de toute espèce de réforme qui pourrait changer leur condition sociale. Ils ne veulent pas reprendre leur place dans les rangs de la fourmillière, et ce n'est pas être trop romantique que de se les imaginer plus d'une fois, la hotte sur le dos, s'étant retournés vers Paris pour tendre vers lui un poing haineux.

Aussi M. Sincholle ne nous a-t-il pas étonné en nous affirmant que ces déclassés résisteront toujours à l'embrigadement, au salariat qui les forcerait de travailler d'une façon régulière.

— Mais en général, disons-nous, les chiffonniers travaillent énormément, davantage même qu'ils ne le feraient dans une usine. Dans Paris, nous les voyons remonter le matin attelés à des carrioles chargées à outrance de sacs.

— Ne confondez pas. Ceux dont vous parlez sont le plus souvent des chineurs qui reviennent de faire leur tournée dans les maisons où ils achètent aux bonnes, aux cuisinières, aux laveurs de vaisselle des restaurants. Mais le vrai chiffonnier, qu'il ait une carriole ou non, s'en va dans les rues à une allure des plus réduite, ne se presse pas et pour peu qu'il soit en possession de quelques sous, il reste chez le marchand de vins. Seulement la faim journalière qu'il est bien obligé de satisfaire lui fait dépenser de l'activité.

On voit que M. Sincholle est plutôt pessimiste à l'égard des biffins.

— Nous sommes loin avec vos portraits, lui disons-nous, des chiffonniers sympathiques d'il y a trente ans, des Hiaud, des général Bertrand.

— Je n'exagère en rien, reprend-il. Ces types que vous me rappelez, vieux biffins blanchis sous la hotte, ces chiffonniers philosophes, n'existent plus que dans les livres. Ce sont presque tous des jeunes gens à mine blême, de pâles voyous, selon l'expression consacrée. Ils boivent l'absinthe, et leurs compagnes aussi.

— A propos, le *Tombeau des Lapins*, où se réunissaient les habitants des cités, sur le boulevard Victor Hugo ?

— Cela n'existe plus.

— Y a-t-il encore à présent des cabarets qui leur sont particuliers.

— Je ne crois pas. Ils vont au hasard et n'ont que l'embarras du choix dans une époque où les rez-de-chaussée ne suffiront bientôt plus et où il y aura des débitants de boissons jusqu'au premier étage de toutes les maisons.

Sous son apparente rondeur, M. Sincholle n'est pas sans avoir une certaine causticité d'esprit et de verbe.

— Pourtant, ajoute-t-il, j'ai cru remarquer que le matin ils s'arrêtaient de préférence dans une certaine boutique sang de bœuf qui se trouve sur l'avenue de Clichy, à côté du passage du Petit-Cerf. Ils y retrouvent leurs camarades habitant encore dans Paris, aux Epinettes. entre le chemin de fer de Ceinture et les fortifications.

L'ingénieur distingué, dont nous mettons le savoir à contribution, nous répond avec une bonne grâce parfaite. Comme nous parlons à nouveau des cités et de leur malpropreté, il se souvient d'une anecdote assez curieuse.

— C'était il y a une dizaine d'années, nous dit-il,
comme les premiers cas de choléra commençaient à
se produire. M. Camescas était alors préfet de police.
Je reçus un jour de la préfecture une dépêche, — ces
dépêches jaunes que vous connaissez bien, — dans
laquelle M. Camescas me disait qu'il viendrait le lendemain pour se rendre compte de visu de l'état des
cités de chiffonniers.

Le lendemain matin, en effet, j'accompagnais le
préfet et lui faisais visiter l'ancienne cité Petit-Maire.
C'était une étroite et puante ruelle tout le long de
laquelle s'ouvraient les portes des cabanes.

Au premier coup d'œil, le préfet fut révolté.

Bouchant à demi la porte de son taudis, un vieux
biffin que je connaissais bien, tête hirsute dans
laquelle les gros yeux ronds avaient une expression
d'extase alcoolique, — ce vieux biffin, disais-je donc,
fumait béatement un brûle-gueule dont le fourneau
touchait presque ses lèvres.

Passant la tête dans l'espace laissé libre par le chiffonnier qui s'était à peine dérangé, le préfet, au spectacle qui s'offrit à ses yeux, ne put retenir un cri de
dégoût.

— Mais, vous êtes très mal là-dedans, mon ami,
dit-il avec agitation au fumeur de pipe. C'est absolument infecté !

Alors, sans s'émouvoir autrement, sans même lâcher
son brûle-gueule, mais je ne puis vous donner une
idée de l'intonation ironique et gouailleuse dont il
souligna ses paroles, le biffin s'exclama :

— Je n'y resterais pas longtemps si j'avais vos appointements, monsieur le préfet de police.

Une heure après, M. Camescas était encore sous le coup de la plus profonde stupéfaction.

Comment se faisait-il que mon biffin connût le préfet et qu'il l'eût remis de suite sous la grande houppelande qui lui cachait à demi le visage? Mystère!! Mais j'ai éprouvé tellement de surprises dans les cités que je n'aurais pas autrement sursauté en entendant mon chiffonnier décliner un véritable état-civil et rappeler au préfet abasourdi qu'il avait été son compagnon de table, un soir, il y avait dix ou quinze ans de cela, dans un dîner officiel chez un ministre.

Avant de quitter M. Sincholle, nous prenons encore la liberté de lui demander son opinion sur la question des gadoues que discute en ce moment le Conseil municipal.

— Etes-vous pour ou contre l'incinération? disons-nous.

— Je suis contre nettement, répond l'ingénieur qui sait si bien se doubler d'un conteur délicat. Je suis contre l'incinération, parce que je la crois tout à fait inutile. J'ai souvent discuté sur ce sujet avec feu le docteur Dumesnil.

— Qui était pour.

— C'est cela même, et nombre de médecins, au nom de l'hygiène, réclament aussi l'incinération des ordures. Je suis, moi, pour l'utilisation. Je considère qu'il n'est pas indispensable de se priver des cinq mille

francs quotidiens que rapporte la gadoue à l'industrie.

— Mais au prix de quel embarras, de quelles émanations putrides. La banlieue tout entière est encombrée de monceaux d'ordures qui, en fermentant, empoisonnent l'atmosphère.

— Je le sais fort bien, dit l'ingénieur. Je sais qu'en
outre de Gennevilliers les entrepreneurs sont obligés
d'aller déverser leurs tombereaux à Maisons-Laffitte,
aux Carrières-Saint-Denis et même jusqu'à Houilles
quand ce n'est pas plus loin encore.

— Alors ?

— Alors, je suis pour l'utilisation, mais non pas
selon le procédé actuel qui est tout à fait défectueux.
Actuellement, lorsqu'il s'agit de fumer une terre, on
est obligé de faire des « tas » pour permettre à la fermentation ammoniacale de se produire. D'abord, les
tombereaux d'enlèvement dans Paris étant bien trop
lourds pour pénétrer dans les terrains, il faut faire un
premier dépotement.

On laisse donc les amas de gadoue pendant trois
mois environ. Ce n'est pas pendant cette époque que
les mauvaises odeurs se font sentir. C'est lorsqu'on
disloque le tas, qu'on manipule ce fumier en fermentation. Il faut bien en retirer les tessons, les morceaux de verre qui entreraient sous le sabot des
chevaux.

Ici, à Clichy, la municipalité a dû interdire cela.
La ville était empestée.

— Vous ne faites qu'énumérer des désavantages

qui parleraient plutôt en faveur de l'incinération,
faisons-nous. Où voulez-vous en venir ?

— A ceci, c'est que rien n'est plus simple d'utiliser
la gadoue qui est un engrais incomparable, sans
avoir à supporter les inconvénients multiples que
vous connaissez. Il n'y a qu'à la broyer, modifier sa
contexture, la réduire en une sorte de poudre —
comme de la sciure de bois. Du reste, on commence
déjà à le faire. Une usine de ce genre existe, près
d'ici. Il faudrait appliquer ce système à toute la
gadoue parisienne. Le problème serait à peu près
résolu.

— En effet, poursuit après une pause M. Sincholle,
la ville de Paris, en incinérant ses ordures, ferait la
plus mauvaise opération qu'il fût possible. La gadoue
n'est pas autocombustible. Non seulement, on perdrait cinq mille francs par jour, mais faudrait-il
encore dépenser du combustible et du travail.

— Tout ne serait pas perdu, disons-nous. On
affirme que les cendres ainsi obtenues seraient utilisables comme engrais.

— Pour quant à cela, je doute qu'elles puissent
être comparées, comme richesse, à l'engrais que
produit l'ordure non incinérée. Je le sais moi, qui en
ai fait usage dans mes propriétés. C'est un engrais
tout à fait favorable aux betteraves, aux asperges, à
la vigne, et qui possède l'avantage de se soulever, de
ne pas bloquer les plantes à racines fuyantes. Mais
actuellement, il est presque impossible aux paysans
d'en faire usage. Les compagnies de chemins de fer

font la grimace lorsqu'il leur faut transporter cette marchandise. Les boîtes à sardines glissent dans les remblais. les papiers sont emportés par le vent. Tandis qu'une fois broyée, aussi transportable en fûts ou en wagons que toute autre chose, la gadoue pourrait être utilisée par la province.

L'agréable conteur de tout à l'heure a cédé la place à l'ingénieur parlant technique, développant ses arguments, invoquant le tout-puissant azote, et l'imprescriptible ammoniaque.

Nous en savons plus maintenant que nous n'en espérions apprendre, nous remercions notre obligeant interlocuteur, non toutefois sans lui dire que nous ne partageons pas entièrement son pessimisme à l'égard des chiffonniers et qu'il nous semble possible, nécessaire même de tenter une expérience qui pourrait amener la disparition de leurs cités infectées.

CHAPITRE VI

Nous sommes quelque peu exposés à nous répéter si nous voulons décrire en détail les cités du XIIIe arrondissement. Les mots de saleté, de pourriture, d'horreurs sans nom s'imposent en effet chaque fois qu'il faut rendre compte de l'état lamentable de ces cités.

Là, c'est une sorte d'égout à ciel ouvert, une ruelle boueuse dévalant en pente raide, et le long de laquelle, dans des huttes putrides, des familles entières logent pêle-mêle avec toutes sortes d'animaux. Les biffins y élèvent des cochons, qu'ils engraissent avec des détritus de légumes ramassés sur la voie publique. On ne peut imaginer un état d'abjection plus grand que celui-là.

Ailleurs, c'est un pâté de maisons — la Cité Jeanne d'Arc — allant de la rue Jeanne d'Arc à la rue Nationale, fermée à chaque extrémité par une grille.

Deux mille habitants, parmi lesquels un certain nombre de chiffonniers, logent dans ces bâtisses, occupent des chambres où l'air parvient à peine, empoisonné d'avance par les émanations des plombs et des fosses d'aisances.

Entre chaque groupe de constructions, les impasses

s'emplissent des immondices de toutes sortes que les habitants ont la coutume de jeter par les fenêtres.

Dès l'élévation de cette cité, le docteur Dumesnil pouvait dire qu'il y avait là un des foyers d'insalubrité les plus inquiétants de Paris.

Et la commission du XIIIe arrondissement de répondre que « tout en constatant l'extrême légèreté de ces constructions, elle ne croyait pas, quant à présent, à l'existence de causes d'insalubrité ».

Néanmoins quelques années plus tard, une commission d'enquête constatait que par suite de la négligence des propriétaires, les matières fécales inondaient les caves et que l'infection se propageait à tous les étages.

Pendant plus de sept ans sous le couvert de la loi, le propriétaire de la Cité Jeanne d'Arc refusa d'exécuter les travaux les plus indispensables. Des cas de variole s'étaient produits, il y avait eu un certain nombre de morts.

A l'heure actuelle, des réparations insignifiantes ont été faites. L'épouvantable saleté, l'état le plus pestilentiel règne toujours dans la cité.

Etre propriétaire, c'est bien. Jouir de sa propriété, c'est très bien encore, mais ne devrait-on pas imposer une limite à ce droit, dès lors qu'il devient une cause de maladie, d'infection latente pour des milliers d'individus.

En un mot, le législateur ne devrait-il pas affirmer que l'intérêt d'une collectivité tout entière l'emporte sur la cupidité d'un individu et donner à la société le droit d'ordonner, sinon la démolition, du moins la réfection totale des habitations insalubres.

Pour ce qui est des cités de chiffonniers proprement dit, nous avons vu l'exploitation la plus éhontée s'exercer sous le couvert de la loi, se réclamer de la liberté de la propriété.

Nous ne saurions trop le répéter. Il faut avoir vu les cités de Saint-Ouen, de Clichy, de Pantin, des Epinettes, des Gobelins pour se faire une idée des conditions d'existence de la population chiffonnière.

Nous sommes certes amoureux du pittoresque et nous avons loué comme il convenait les sentiments d'indépendance des biffins. Mais nous sommes aussi d'avis qu'une société civilisée a des devoirs à remplir et que le premier de ces devoirs consiste à faire profiter les travailleurs des bienfaits de la science et de l'hygiène modernes, à ne pas abandonner à soi-même, à sa misère séculaire une partie de ses membres.

A l'heure actuelle, il y a peut-être à Paris quinze mille personnes vivant de l'ordure journalière, ramassant les marchandises utilisables, dans les rues, dans les boîtes, ou sur les champs de gadoue.

Sur le travail de ces quinze milles personnes, un certain nombre de fortunes se sont greffées, un clan de marchands en gros, de spéculateurs absorbe la presque totalité du bénéfice, cela sans compter les intermédiaires nombreux, chineurs achetant aux chiffonniers et marchands en demi-gros.

Tout ce monde vit du travail du biffin, en vit grassement et le méprise à bon compte.

Il n'est pas rare de lire dans les journaux des annonces dans le genre de celles-ci :

M. X..., le spéculateur en chiffons a donné une magnifique soirée dans son hôtel de Neuilly, M. X... passera l'hiver dans sa magnifique propriété de Nice. M. Y..., de la maison Y... et Cⁱᵉ, vente en gros d'os pour tabletterie, a marié dernièrement sa fille au vicomte de G..., l'un des derniers représentants de ce nom illustre, dot : deux ou trois millions.

Le biffin, lui, n'en continue pas moins à ramasser chaque matin son marc de café dans la boîte, à dormir dans l'atmosphère empoisonnée de sa cabane, à boire de l'alcool pour oublier sa misère, à enfanter des êtres faibles et rachitiques.

Est-il glorieux, est-il seulement humain pour une société qui se pique d'avancer à grands pas dans la voie du progrès de ne rien faire, de ne rien tenter pour changer l'actuel état de choses, pour amener surtout la disparition des cités ignobles qui entourent Paris.

Jetons un coup d'œil sur l'histoire du chiffonnier. Ce n'est, nous l'avons dit, qu'un long martyrologe.

Des siècles entiers, il ne voit pas sa misérable condition s'améliorer. La cabane malpropre qu'il habitait à la fin du xviiᵉ siècle dans la rue Neuve-Saint-Martin, il l'habite encore à Saint-Ouen, à Pantin, à Gennevilliers. Il n'a profité en aucune façon des inventions et des découvertes qui ont accru le bonheur des hommes et leur moralité. Il est resté ignorant à côté de la science. malpropre à côté de l'hygiène.

Il est temps, croyons-nous, qu'on parle des chiffonniers autrement que pour s'extasier devant le pittoresque de leurs haillons ou l'originalité non pareille de leurs cités. Il y a de la misère, de la souffrance, derrière cela. D'autres paroles, et surtout, des actes de véritable philanthropie seraient mieux en harmonie avec l'esprit de progrès dont se targue notre époque.

L'effort des intelligences a changé la façon de vivre dans les centres populeux, aussi bien que dans les hameaux. Tous les commerces, toutes les industries ont obéi au mouvement de concentration. Le travail s'est divisé à l'infini.

Pourquoi donc laisser alors le chiffonnier seul, avec sa hotte et son crochet, aux prises avec les difficultés de l'existence, le maintenir au dehors des nouvelles lois sociales, ne pas le faire profiter des bienfaits de l'association.

Beaucoup de gens ont trouvé une réponse facile, un moyen commode d'éluder la question.

Les chiffonniers sont ainsi parce qu'ils le veulent bien. Il est tout à fait inutile de s'occuper d'eux. Construisez-leur des maisons salubres, ils les dédaigneront, n'en voudront pas, préféreront demeurer dans leurs cités infectes.

Nous avouons que notre confiance en cette assertion serait bien plus grande si ceux qui l'émettent pouvaient invoquer un précédent, nous montrer le fait s'étant déjà produit.

Ils ne le peuvent pas, et ne parlent qu'au hasard.

Nous ne partageons pas pour notre compte ces convictions préventives.

Nous sommes au contraire d'avis qu'il y a beaucoup à faire dans un sens d'hygiène et de salubrité surtout, et que les résultats seraient tout à fait satisfaisants, si, une bonne fois, on s'occupait d'élever sur l'emplacement des cités démolies, des logements salubres.

C'était aussi l'avis du docteur Dumesnil, ce dévoué savant qui, par moments, ne pouvait retenir son indignation en présence de l'exploitation scandaleuse dont sont victimes les chiffonniers.

Nul plus que lui ne s'est occupé d'améliorer leur situation. Son livre : *l'Habitation du pauvre* est une protestation éloquente contre la législation actuelle qui permet à un propriétaire de louer des cabanes, des logements tout à fait insalubres, et il se plaint aussi que les quelques règlements existant ne soient à peu près pas mis en vigueur.

« Combien de fois, dit-il, au cours de nos visites n'avons-nous pas constaté que tel logement interdit pour cause d'insalubrité constatée était de nouveau occupé dans les mêmes conditions. Les malheureux que nous rencontrions étaient donc exposés aux mêmes influences nocives que leurs prédécesseurs avaient subies. On multipliait ainsi le nombre des victimes et c'était là le seul résultat que nous eussions obtenu. A cet endroit encore, il nous paraîtrait nécessaire d'étendre le programme de la loi et de lui donner un accent plus rigoureux.

« Nous ne pouvons comprendre comment on assi-

6.

mile des infractions formellement homicides à telle ou telle contravention pouvant intéresser la bonne tenue de la voie publique, mais que nous n'hésitons pas à qualifier de puériles. Nous persistons à réclamer l'amende et la prison contre ceux qui contreviennent ainsi aux arrêts d'interdiction.

« La plupart des grandes villes d'Europe, préoccupées de leur assainissement après de très dures épreuves, et engagées pour cet objet dans des dépenses considérables, ont jugé indispensable, dans l'intérêt du présent et en vue de l'avenir, d'édicter des règlements relatifs à la salubrité des constructions. Il est nécessaire que, chez nous, on entre dans cette voie. »

Le docteur Dumesnil est mort sans avoir vu ses efforts couronnés d'un résultat. A moins que la Société française ou le Comité des habitations à bon marché ne continuent son œuvre, ne s'entendent pour mettre ses projets à exécution, les cités de chiffonniers, de longtemps, ne seront pas assainies.

En effet, dans le rapport sur les travaux du Comité des habitations à bon marché pendant l'année 1898, nous lisons ceci :

« M. le docteur Dumesnil avait étudié pendant de longues années, concurremment avec la question du chiffonnage à Paris, celle de l'habitation des chiffonniers. Frappé de l'insalubrité de leurs taudis, des maladies qu'ils y contractaient, il voulait qu'on édifiât à leur usage une construction réunissant toutes les conditions sanitaires. Les logements élevés d'un rez-de-chaussée étaient disposés sur les quatre côtés d'un quadrilatère, au centre duquel étaient établies les remises pour les chiffons, pour le tri des objets, etc... L'aménagement était conçu de manière à séparer entièrement le local d'habitation du local servant à l'industrie du chiffonnage ; il était prévu une large distribution d'eau, permettant d'assurer la propreté parfaite de la cour, des remises et des cabinets d'aisances. Les calculs qui furent faits à cette occasion démontrèrent qu'il était possible de loger les chiffonniers dans ces conditions relativement confortables sans leur demander un loyer plus élevé que celui qu'ils paient actuellement. Pour assurer la vitalité de l'opération qui, à l'origine. n'aurait porté que sur un nombre très restreint de logements, on aurait demandé au Conseil général de la Seine ou au Conseil municipal de Paris une subvention en argent ou en terrains : certainement, ces assemblées n'auraient pas refusé d'encourager une œuvre qui se proposait à la fois de donner un peu de bien-être à des travailleurs pour la plupart misérables, et d'améliorer la santé publique. La maladie et la mort du regretté promoteur de ce projet en ont entravé l'étude, mais le Comité tiendra certainement à reprendre cette tentative intéressante. »

Le travail préparé par le docteur Dumesnil avec l'aide de M. Julien, architecte, nécessiterait une dépense totale de 119.000 fr. pour vingt-trois logements complets de chiffonniers, c'est-à-dire avec le hangar, la remise, etc... Le loyer réclamé à chaque occupant,

155 fr., ne serait pas supérieur à celui qu'il paie actuellement.

Pour notre compte, nous souhaitons ardemment que ce projet généreux et véritablement philanthropique ne soit pas oublié, relégué au fond d'un carton. Il y a là une œuvre pressante à accomplir, toute une population misérable à réhabiliter physiquement en quelque sorte, ce qui serait aussi préparer son relèvement moral.

A tous les points de vue, il serait temps qu'on s'occupât des chiffonniers autrement que pour étudier contre eux des ordonnances de police. Comme les autres travailleurs ils ont droit à des conditions de travail moins dures, moins abjectes et moins insalubres.

Nous savons que, malheureusement, le problème n'est pas réalisable en concédant à une Société le monopole du chiffonnage à Paris. S'ils n'étaient autant de biffins, si la mesure n'en condamnait pas des milliers probablement à ne plus savoir que manger, nous dirions que ce serait la meilleure solution, celle qui satisferait le mieux les exigences de l'hygiène.

En effet, la Société concessionnaire pourrait bâtir des usines à quelque distance de Paris, et y installer des logements pour ses ouvriers. Chaque matin des trains spéciaux amèneraient la cargaison d'ordures.

Aussitôt séparées du gros des ordures, les marchandises utilisables seraient désinfectées avant d'être triées. Le reste serait broyé, converti immédiatement en poudre qu'on expédierait facilement en province chez les cultivateurs.

La question tout dernièrement encore a été posée devant le Conseil municipal, par l'organe de M. Le Breton. Furieux, les chiffonniers ont organisé un meeting au Cirque d'Hiver, sous la présidence de M. Tury, et sont allés manifester sur les boulevards, au nombre de 3.000, ont dit les journaux.

Dans leur position actuelle, ils avaient raison de protester contre les intentions du Conseil municipal, intentions que ne justifie même pas le prétexte de soucis pécuniaires. On ne s'occupe jamais d'eux que pour essayer de les rendre plus misérables qu'ils ne le sont.

On ferait bien mieux, nous le répétons encore, de hâter, par des mesures d'hygiène et de philanthropie, la disparition des cités misérables des Saint-Ouen, des Clichy et des Pantin, ces cités qui, depuis si long-temps, sont une nette affirmation de l'égoïsme des possédants.

S'il n'est pas encore possible de centraliser le chiffonnage, de créer comme une ville au détritus à quelque distance de Paris, il serait, avec un peu d'initiative et de bonne volonté, très facile de faire cesser l'exploitation monstrueuse dont les biffins sont victimes, et qui est même plus qu'une exploitation, puisqu'elle s'attaque à leur santé, qu'elle leur crée des conditions dangereuses d'existence.

Une époque viendra, certes, où, par la force des choses, les chiffonniers jouiront de la vie plus acceptable de l'ouvrier, où assurés dans leur vieillesse, ils ne seront plus les parias que nous connaissons.

Malheureusement, c'est à peu près impossible à réaliser pour le moment. Du reste, nous n'allons pas si loin que cela dans notre optimisme à l'égard du bon vouloir des biffins.

Nous demandons seulement que leurs misérables cités soient rasées, et qu'on leur bâtisse des logements où ils puissent faire le triage de leurs marchandises dans des hangars spéciaux, que les détritus n'encombrent pas leur cabane, la chambre où ils couchent, où dorment leurs enfants.

Il y a assez d'employés inutiles pour qu'on en trouve de temps à autre quelques-uns qui, dans chaque cité, iraient procéder d'office à un désinfectage général.

Alors, ayant à leur disposition de l'eau à volonté, possédant la facilité d'habiter proprement chez eux, on verrait si les chiffonniers sont réellement ce que d'aucuns prétendent, des êtres sales, abjects par goût, et s'ils ne seraient pas heureux de goûter à un nouveau genre de vie, de se rapprocher un peu des autres hommes.

Dans nos visites aux cités, nous avons eu l'occasion de voir de misérables cabanes, dont le plancher était soigneusement balayé, où, par l'ordre qui régnait, le dénuement apparaissait moins affreux. Nous avons vu des femmes pauvrement vêtues, mais propres, lavant chez elles les nippes de leurs enfants, trouvant le temps de raccommoder les vêtements.

Lorsqu'on demande à ces ménages pourquoi ils

sont venus habiter dans la cité, au milieu de la saleté, ils ont tous la même réponse.

— Avec les enfants que nous avons, on ne veut pas de nous autre part, ou bien alors il faudrait payer trop cher.

Quoi qu'en disent les adversaires de toute tentative d'assainissement, la déchéance morale et physique n'est pas générale parmi les chiffonniers, elle est même plus apparente que réelle.

Dans les conditions déplorables de vie qu'ils subissent, comment voudrait-on qu'ils fussent gais, soucieux de leur propreté et de celle de leur logement. Leur activité tout entière s'exerce au profit de ceux qui les exploitent. L'alcool est leur seule consolation. La société les dédaigne, se croit quitte envers eux dès lors qu'elle leur abandonne ses ordures, et encore manifeste-t-elle l'intention de les leur retirer.

Il est bien facile aux gouvernants d'encourager les hommes intelligents qui reprendront les projets du docteur Dumesnil, qui entreprendront la construction de nouvelles cités où pour la même somme de loyer, les chiffonniers pourront jouir d'un air pur, de la lumière, de la propreté, de l'hygiène.

Leurs enfants sont des plus intelligents, doués dès leur jeune âge de beaucoup d'initiative. L'instruction en ferait des hommes, de bons ouvriers. Il y a pour la société tout entière des milliers d'êtres à sauver du vice et de la misère et qui pourraient être demain de précieux auxiliaires du bonheur social.

BIFFINS ÉLECTEURS

QUELQUES CHIFFONNIERS CÉLÈBRES

CHAPITRE PREMIER

Il est à remarquer, et des auteurs, qui avant nous ont écrit sur ce sujet l'ont fait ressortir, que les chiffonniers ne s'occupent nullement de politique.

Plusieurs fois, en 1884 surtout, des compagnons anarchistes essayèrent de les entraîner, de les amener à faire cause commune avec eux. Ce fut peine inutile. Ils se heurtèrent à la plus complète indifférence. Les socialistes aussi, eux qui dans les faubourgs rallient tous les suffrages. ne furent pas davantage heureux.

A quoi cela tient-il? D'aucuns trouvent une explication facile, en disant, que presque tous les chiffonniers sont privés de leurs droits politiques, et que,

7

par conséquent, en cette matière, leur indifférence peut être comparée à celle du renard de la fable.

Cela n'est point exact. La colonie chiffonnière compte encore parmi ses membres un nombre considérable d'individus dûment électeurs, et cependant les querelles électorales ne réussissent pas à les émouvoir.

Serait-ce que, parfaits philosophes, ayant étudié tous les problèmes sociaux, les chiffonniers aient acquis la conviction que le suffrage universel est un leurre, une ironie, et que le parlementarisme est inapte à apporter aucun remède au mal social? Non point!

Karl Marx, Kropotkine, Jean Grave et tous les autres sont tout à fait ignorés des biffins! Elisée Reclus ne leur est pas davantage familier, et leur intelligence n'est pas assez développée pour concevoir la société telle qu'elle est, pour aller rechercher le mal dans sa source.

Ils voient le monde, les hommes, la vie, au travers d'un prisme qui leur est particulier. Il semble que leur misère s'interpose entre eux et la société, et qu'ils puisent dans leur abjection même le sentiment de l'inutilité de la lutte.

Pendant les campagnes électorales, lorsque tous les murs sont couverts d'affiches aux fallacieuses promesses, que des réunions ont lieu chaque soir, que la bataille est engagée entre les partis, les chiffonniers, eux, restent indifférents.

L'élection terminée, affiches, manifestes, proclamations prennent le chemin de la hotte, sans distinction de couleur ni d'opinion. Le programme virulent d'un socialiste révolutionnaire, la profession de foi d'un conservateur des traditions, l'exorde d'un nationaliste, le placard clandestin d'un « Père peinard » quelconque, tout cela voisine, s'entasse pêle-mêle dans les sacs, sera revendu comme carous à raison de huit francs les cent kilos.

Là se borne l'intérêt qu'apportent les biffins aux élections.

Pourtant, en ces dernières années, un changement, d'abord insensible, mais qui a pris des proportions notables, s'est opéré dans les mœurs des habitants des cités. Nous l'avons déjà dit, le type classique du chiffonnier coureur portant la hotte et le crochet, a presque tout à fait disparu à dater de l'arrêté de 1884.

Ils ne sont plus qu'un très petit nombre à l'heure actuelle à parcourir les rues, en glanant çà et là. La création de la Poubelle a changé du tout au tout les conditions du travail, en même temps qu'elle provoquait une 'sorte de désorganisation dans les cités.

Ce n'est point à tort, qu'exposant leurs doléances aux membres de la commission d'examen, les délégués de 1884 accusaient M. Poubelle d'avoir créé pour les placiers un monopole au détriment des coureurs. On en peut juger, maintenant que les trottoirs de Paris sont divisés en une infinité de sections ayant chacune son titulaire, son placier.

Ces placiers, au sens strict du mot, ne sont plus tout à fait des biffins, ou plutôt ce sont les biffins modernes.

Parmi eux, quelques-uns possèdent cheval et voiture, d'autres, pour les aider à traîner leurs carrioles n'ont qu'un ou deux chiens.

Lorsqu'ils ont une bonne place, ils emploient quelquefois des gamins pour les aider à faire leur récolte le matin. Certains, s'ils ne buvaient autant, pourraient vivre d'une façon à peu près convenable gagnant jusqu'à 4 fr. 50 et 5 francs par jour, somme que l'ouvrier ne gagne parfois pas.

Donc, parmi ces placiers, un certain nombre s'est départi de l'indifférence en matière électorale et va voter les jours de scrutin. Nous pourrions donner en mille à deviner la couleur politique, le parti qu'ils soutiennent le plus volontiers.

— Eh bien, la plupart, la majorité de ceux qui votent ne sont ni socialistes comme on pourrait s'y attendre, ni républicains, encore moins révolutionnaires. Ils sont... bonapartistes !...

— Bonapartistes ! Vous exclamerez-vous. C'est incroyable.

— Et même, si l'on pouvait leur appliquer ce terme à la mode, nous dirions volontiers qu'ils sont césariens. Cela traduit mieux la façon dont ils semblent comprendre le fonctionnement d'un gouvernement.

Bonapartistes ! Césariens ! Des chiffonniers. Que diraient les membres des clubs de l'avenue de l'Opéra ou de la rue Royale, s'ils se découvraient de tels partisans dont ils ne soupçonnent bien sûr pas l'existence.

La chose, pour si drôle, si incroyable même qu'elle

paraisse au premier abord, ne laisse pas que d'être
logique, que de s'expliquer facilement.

Les chiffonniers sont mécontents du régime actuel
qui démocratise tout, ou fait semblant, qui donne à
tous l'instruction, abolit les différences de castes, et
lance toutes les intelligences dans la mêlée commer-
ciale, industrielle et politique. Ils semblent prévoir
que leur industrie elle-même est menacée par le
mouvement de concentration qui se produit. Le régime républicain ne leur plaît pas.

Ils obéissent en ceci à une sorte d'instinct, car ils
ne raisonnent pas leur opinion politique. Ainsi que
les nègres de l'Amérique du Nord qui ne savaient
que faire de la liberté que venait de leur conférer la
guerre de Sécession et qui réclamaient le retour à
l'ancien état de choses, les chiffonniers ne veulent
pour rien au monde des libertés sociales, qu'au contraire les ouvriers des faubourgs acclament avec
enthousiasme.

C'est que d'instinct, toujours, ils sentent bien que
liberté se traduit par responsabilité et que leur façon
de vivre ne pourrait plus être dans un Etat socialiste
par exemple. Les chiffonniers sont individualistes
par tempérament. Ils ne veulent pas avoir leur part
de charges et de devoirs. Leur cabane, l'ordure à leur
disposition, un gouvernement autocratique qui veille
au maintien des castes sociales, ils ne demandent pas
autre chose.

CHAPITRE II

Diogène, le célèbre cynique, était-il un chiffonnier,
ainsi que le hasardent quelques auteurs. La chose
serait assez difficile à éclaircir. Il y a certes beaucoup
de points de ressemblance — la lanterne — le ton-
neau, guère moins invraisemblable comme logement
que les taudis des cités actuelles, et surtout lorsqu'il
se présente un type de biffin philosophe, tel que
Liard, on est tenté de faire le rapprochement.

Pour le bourgeois, le mot chiffonnier n'évoque
guère autre chose qu'une silhouette entrevue d'homme
déguenillé et sale, occupant un des derniers degrés
de l'échelle sociale.

Mais pour le chercheur, le curieux, l'artiste, le chiffonnier est un être original, un type extraordinaire
d'indépendant qui intéresse au premier abord. On
retrouve en lui la liberté d'allures, de langage, de
mœurs, l'insouciance que les nécessités de l'existence
ont fait perdre aux autres hommes. On l'admire, pour
cette liberté qu'il conserve jalousement, au prix d'une
condition misérable, abjecte même.

Alors que, dans leurs villes tumultueuses où bour-
donne l'incessante activité des machines, les hommes
chaque jour s'ingénient à se découvrir, à se créer de

nouveaux besoins, les chiffonniers, eux, s'en tiennent à leur mode primitif de comprendre et de satisfaire leurs besoins et leurs vices.

Ils sont comme retranchés derrière leur façade de misère, derrière la répulsion qu'ils inspirent, et n'essayent pas du tout de se rapprocher des formes de la vie sociale.

Combien d'auteurs ont entrepris d'analyser, de dépeindre la mentalité des chiffonniers ? C'est qu'elle est curieuse, mystérieuse parfois même, qu'elle ne se livre jamais entièrement.

A côté des chiffonniers exerçant la profession de père en fils, il y a des individus dont le passé reste inconnu de tous, qui se taisent lorsqu'on fait mine de les interroger. Et d'aucuns, entre eux, ont dû occuper des situations aisées, honorables, faire des études. A la suite de quels événements, de quelle débâcle en sont-ils venus à faire le métier de biffins ?

A présent, vêtus de loques, fouillant les boîtes, ils ont abdiqué l'ancienne dignité pour prendre celle du libre chiffonnier. Ils sont fiers au lieu d'être vaniteux, et c'est assez extraordinaire que cette déchéance qui n'en est pas une, que ce renoncement à tout, excepté l'indépendance.

Dans le *Paris chez soi* publié en 1855, M. Louis Berger écrivait une page qui mérite d'être reproduite :

« Le chiffonnier est le philosophe pratique des rues de Paris. Dans son abdication absolue de toute vanité

sociale, dans ses flâneries incessantes et nocturnes,
dans cette profession, il y a je ne sais quel mélange
d'indépendance fantasque et d'humilité insouciante,
je ne sais quoi d'intermédiaire entre la dignité de
l'homme libre et l'abaissement de l'homme abject ;
il y a dans ces contrastes enfin, quelque chose qui
intéresse, captive et fait penser ; rien de plus particulièrement exceptionnel que cette profession.

« Au gré de son caprice, le chiffonnier va de rue et
de place en carrefour, fouillant, furetant, remuant, à
l'aide du fer de son crochet, et à la clarté de sa lanterne, ce tas de vieilleries, ces débris de salle à
manger, ces derniers lambeaux de vêtements caducs
que la consommation parisienne sème tous les jours
sur le pavé de la ville.

« La position du chiffonnier dans les démarcations
sociales, tient essentiellement une place unique : c'est
un *sui generis* à nul autre pareil : il touche le bout
de tous les extrêmes ; il est éternellement suspendu
entre le haut et le bas, entre les étoiles et le pavé,
entre l'égout et la rêverie.... »

Nous avons écrit tout à l'heure le nom de Liard.
Accordons-lui tout de suite quelques lignes, et parmi
le grand nombre d'écrivains qui l'ont popularisé
laissons la parole à M. L.-A. Berthaud.

« Christophe — car on l'appelait également ainsi —
un vieux chiffonnier que ses confrères ont surnommé
le philosophe, parce qu'il parle toujours et souvent
bien, a un sac de grosse toile pour tout bagage. C'est
d'ailleurs un homme à part au milieu des siens ; il est

fier, il ne s'enivre pas, il marche seul, il vit seul :
Christophe tient à la fois de Diogène et de Chodruc
Duclos. Les personnes qui ont été à même de l'appré-
cier ont voué à ce pauvre chiffonnier une estime spéciale. L'un de nos bons physionomistes populaires
et l'un des plus spirituels dessinateurs du *Charivari*,
mon camarade Traviès, m'en a fait le plus grand
éloge... »

Ajoutons entre parenthèses, que Traviès a fait de
lui des portraits nombreux et saisissants de pittoresque.

« ...C'est quelque chose de bien beau, en effet, que la
probité dans la misère, quelque chose de si beau que
là seulement c'est une vertu. L'homme riche n'a pas
de peine à vivre dans les limites du Code pénal ; s'il
est honnête, c'est par nécessité ou naturellememt ; il
perdrait à ne l'être pas. Quand on peut manger du
gruau, on n'est pas tenté de voler du pain bis ; jamais le
cheval favori du prince n'a convoité la paille de celui du
meunier. Sachons donc gré au pauvre Christophe de
sa probité fidèle et incorruptible ; nous lui devons
bien au moins un peu de reconnaissance pour tant de
courage et de résignation !

« On rencontre souvent Christophe par les rues de
Paris au milieu d'un groupe serré autour de lui et
prêtant l'oreille à ses étranges discours. De sa main
gauche, fortement nouée, il soutient sur son épaule
un large sac, et tout en pérorant avec ceux qui l'entourent, il fait jouer à sa main droite le rôle du crochet
qui lui manque. Christophe a dû bien souffrir avant

de dépouiller sa dignité d'homme, avant de se retirer chez les chiffonniers! Aussi, voyez, il raille, il
accuse, il insulte les passants et les curieux ; et pourtant il fouille à pleins doigts le fumier sur lequel
il s'est établi. Quand il s'éloigne, il vous jette avec
dédain un ricanement magnétique dont les vibrations
retentissent longtemps dans votre sein et vous font
mal.

« L'imagination refaisant d'ordinaire toutes les choses créées par les hommes, un peu mieux qu'elles ne
sont, il en résulte que. Christophe est le chiffonnier
de l'imagination, ou plutôt selon l'imagination. Les
artistes, les poètes et les femmes plus ou moins poi-
trinaires ne le rêveront jamais autrement. Aussi,
malgré sa supériorité incontestable, Christophe est
au moins pour eux la personnification typique des
chiffonniers. Cette élévation naturelle de Christophe
lui a valu les honneurs de la peinture. On a fait son
portrait, on l'a lithographié et il s'est trouvé si res-
semblant, que tout le monde l'a reconnu, même ceux
qui ne le connaissaient pas. »

Complétons cette intéressante monographie en disant que Christophe, — Liard autrement dit, se ren-
dait quelquefois à la Chambre des députés — lieu de
réunion des chiffonniers, à la barrière Poissonnière,
où l'on appelait une borne un « fauteuil » et une hotte
un « cabriolet ».

Là, au milieu d'un auditoire de biffins, il pouvait
discourir à son aise, et le faisait, paraît-il, d'une façon
presque irréprochable, émaillant même ses discours

de citations latines, de considérations artistiques et
jusqu'à... phrénologiques.

Liard — ou Christophe — n'est pas le seul chiffonnier ayant connu les douceurs, les gloires de la popularité. Il avait un émule dans un autre genre.

Le général Bertrand, rien de commun avec le fidèle
compagnon de Napoléon Ier faisait partie de cette
catégorie spéciale de chiffonniers qu'on appelait des
« ravageurs ». Ces « ravageurs » avaient surtout la
spécialité de ramasser dans les rues, entre les pavés,
les morceaux de ferrailles, les clous, les vis ; y trouvant aussi de rares fois, des sous, des pièces de mon-
naie.

Ils ne travaillaient que lorsqu'il venait de pleuvoir.
Les rues de Paris n'étaient pas alors ce qu'elles sont
à présent, beaucoup s'en faut. Dans presque toutes,
le ruisseau coulait au milieu. Donc, lorsqu'un orage
venait d'éclater sur la ville, que l'eau tombant à verse
dévalait le long des rigoles et sur les pavés, les ravageurs s'apprêtaient au travail.

Aussitôt le ciel éclairci, on voyait dans les rues des
processions de chiffonniers qui, courbés en deux,
fouillaient des yeux le ruisseau, et ramassaient précieusement tous les débris de métaux qui s'étaient arrêtés
dans les interstices des pavés.

La vieille ferraille, il est vrai, valait encore un sou
la livre à cette époque.

C'est en exerçant ce métier bizarre que le général
Bertrand conquit sa réputation. Il faut dire que la
police accusait les ravageurs de détériorer les chaus-

sées et qu'elle n'hésitait pas à traîner devant les tribunaux ceux qu'elle prenait sur le fait. Pendant plus
de dix ans, le général Bertrand fit la nique aux poli-
ciers. Aussi l'on conçoit facilement que dans un milieu
qui fut toujours un peu en butte aux tracasseries mu-
nicipales, le vaillant ravageur ait acquis une véritable
popularité. Nous n'oublierons pas non plus à la suite
de ces célébrités du chiffon de citer Jacques Renaud.

Ces types du pavé parisien ont disparu à temps
pour ne point voir se transformer du tout au tout
le métier qu'ils exerçaient d'une façon si pittoresque.
Ils n'auraient sans doute pu s'habituer, au lieu des
libres et irréductibles bohémiens qu'ils étaient, à devenir la façon d'industriels qu'avant qu'il soit longtemps seront les chiffonniers parisiens.

*
* *

A côté des biffins réels, ayant trimballé pendant des
années leur hotte ou leur sac, et par leur originalité
étant devenus presque célèbres, il nous faut placer les
chiffonniers fictifs, ceux qui n'ont existé qu'au théâtre,
devant la rampe, sous le déguisement d'un acteur.

Le type le plus connu de ce genre est sans contredit
le père Jean, le héros du grand drame en cinq actes et
douze tableaux que Félix Pyat fit représenter à la
Porte Saint-Martin le 11 mai 1847.

La vogue de cette pièce fut immense. Frédérick Lemaître y connut ses plus éclatants succès.

Cela commence sur le pont d'Austerlitz. Un chiffon-

nier qui est un ancien viveur ruiné veut se suicider.
Le père Jean quoique ivre parvient à l'en empêcher.
Un garçon de recettes vient à passer. Le désespéré
l'assassine. Le père Jean, navré que son état d'ivresse
l'ait mis dans l'impossibilité d'empêcher ce crime jure
de ne plus boire

Nous le retrouvons dix ou quinze ans plus tard,
chiffonnier modèle s'il en fut jamais. Il a adopté la
fille du garçon de recettes assassiné, Marie. Or Marie
un soir est entraînée à la Maison Dorée par ses compagnes. Elle y fait la connaissance d'un jeune homme,
un certain Henri Berville, que tout de suite, elle se
prend à aimer, et qui lui rend son amour. Mais, première coïncidence Henri Berville est justement le fils
du banquier qui occupait le père de Marie, le garçon
de recettes. Or, l'assassin du pont d'Austerlitz est devenu le baron Hoffmann. Il a une fille, Claire que,
deuxième coïncidence, il projette de marier à Henri
Berville.

Cette Claire est une créature de mœurs plutôt légères. Elle a eu un enfant, et c'est cet enfant qu'en
rentrant de la Maison Dorée, Marie trouve dans sa
chambrette. Par atavisme, sans doute, Marie adopte
le bébé. Alors, à partir de ce moment, les situations
se déroulent, s'enchevêtrent, toujours semées de
coïncidences et de hasards merveilleux. L'enfant a
été assassiné par une mégère à la solde du baron
Hoffmann. Le père Jean et Marie sont traînés devant
les tribunaux. Des choses effrayantes vont se produire.

Mais non ! Le père Jean est en possession d'un do-

cumentqui prouve la scélératesse, les deux assassi-
nats du baron Hoffmann. Bon ! Voilà que depuis
vingt ans qu'il n'a pas bu, le père Jean se laisse eni-
vrer ! Tout est perdu ! On lui vole son document.

Empressons-nous de dire que tout finit pour le
mieux. Les coupables sont p unis, les vertueux récom-
pensés, Marie épouse Henri, et quant au père Jean,
en récompense de sa noble conduite, il ne demande à
son gendre qu'une hotte neuve.

Pendant longtemps, le *Chiffonnier de Paris* fit les
délices d'un public enthousiaste et ému. On faisait
salle comble tous les soirs pour applaudir le père
Jean Frédérick Lemaître, qui, paraît-il dans les scènes de la hotte et de l'ivresse surtout, se surpassait.

De vieux faubouriens en parlent encore avec attendrissement.

— Ah ! Frédérick ! quand il disait comme ça !

« Vidons l'écrin, vidons le panier et faisons l'inventaire de ma nuit ! Voyons, si j'ai vraiment fait
une grasse journée... si je trouverai quelque chose de
bon dans ce résidu de Paris... C'est peu de chose que
Paris vu dans la hotte d'un chiffonnier. Dire que j'ai
tout Paris... le monde... là, dans cet osier... Mon Dieu
oui, tout y passe, la feuille de rose et la feuille de papier .. Tout finit là tôt ou tard... A la hotte ! ...
L'amour, la gloire, la puissance, la richesse... à la
hotte ! à la hotte ! Toutes les épluchures, tout y
vient, tout y tient, tout y tombe... Tout est chiffon,
haillon, tesson, chausson, guenillon ».

Ajoutons que si. dans ce rôle, Frédérick Lemaître

fut un chiffonnier saisissant, il s'était beaucoup préoccupé d'avoir un accoutrement exact. Il était allé lui-même au Temple acheter des hardes de biffin.

Mélingue, Paulin Menier qui conquit la renommée en jouant le rôle du bandit Choppart dans le fameux *Courrier de Lyon* allaient aussi acheter eux-mêmes leur défroque.

Le sujet avait trop été goûté du public pour que les auteurs l'abandonnassent. Félix Pyat eut des imitateurs. Sous forme de vaudevilles, d'opérettes, de saynètes, les chiffonniers eurent les honneurs de la scène et également sous forme de romans, de nouvelles, les honneurs de la librairie. Nous allons citer quelques-unes de ces productions à titre documentaire.

(1831)

Le Chiffonnier, par Alphonse Signol. — 4 vol. in-12.

Gros Roman. — La scène se passe sous Louis XVI et la Révolution.

(1832)

Les Chiffonniers et les Balayeurs. — Tragédie burlesque en un acte et en vers, par Victor Benoist. Représentée pour la première fois sur le théâtre du Petit-Lazary, le 12 février 1832.

Les principaux personnages dont on ne nomme pas les interprètes sont :

Laloque, *chiffonnier ;*

Ducrochet, *chiffonnier*, etc.

La pièce débute par une parodie du premier vers d'Athalie :

LALOQUE

Voici donc la journée illustre et solennelle
Qui doit voir terminer une antique querelle.
Nous saurons aujourd'hui lequel doit l'emporter
Du sale balayeur, du brave chiffonnier,
Etc., etc., etc.

(1846)

Un Chiffonnier, par Charles BARBARA.

C'est une petite nouvelle dramatico-sentimentale dans le goût de l'époque.

Le héros est un prêtre devenu chiffonnier par suite des persécutions que lui ont fait subir d'autres gens d'Eglise.

Paru dans l'*Almanach Populaire de la France*.

(1847)

Les Chiffonniers, par BAYARD, T. SAUVAGE et F. DE COURCY. — Pièce en 5 actes, mêlée de couplets, représentée pour la première fois à Paris sur le théâtre du Palais-Royal, le 4 août 1847.

La scène se passe à Paris en 1827.

Le Prologue, vingt ans avant, est une pantomime.

(1859)

De Diogène et du Chiffonnier philosophe. — Titre d'un petit chapitre de l'*Almanach du Fumeur*, (1859). On y lit : « De nos jours, certaines gens ont voulu re-

prendre en sous-œuvre la philosophie de Diogène.
Mais le métier de Philosophe est un métier perdu,
depuis qu'avec une pipe de 2 liards et 4 sous de
tabac le chiffonnier lui-même peut se procurer des
heures entières de contemplation et de rêverie (autrement dit de philosophie) sans acheter au prix de
142 fr. (mais le prix est fort) la traduction des *Œuvres
de Platon*, par M. COUSIN.

« Une armée anéantie n'a plus besoin de drapeau.
Puisque le chiffonnier s'est fait philosophe, eh! bien.
le philosophe à son tour n'a plus besoin de se faire
chiffonnier. »

Plutôt que de citer ce qu'ont écrit sur les biffins,
Eugène Süe, Victor Hugo (1), et que tout le monde
connaît, nous reproduisons une chanson écrite en 1870.
par Savinien Lapointe, le poëte cordonnier, chanson
à peu près inconnue aujourd'hui.

LE CHIFFONNIER

Il a de longs sourcils, barbe grise et flottante :
Toujours la hotte au dos, qu'il neige, tonne ou vente,
    Va persiflant le long de son chemin,

---

(1) « Le diable a coutume d'emporter les âmes qui sont à lui dans
« une hotte, ainsi que cela peut se voir sur le portail de la cathé-
« drale de Fribourg, en Suisse, où il est figuré avec une tête de porc
« sur les épaules, un croc à la main et une hotte de chiffonnier sur
« le dos. »   V. HUGO.

Tout ce qu'il voit passer de sot et d'inutile.
Il faut bien l'avouer sans être difficile :
    Quelle besogne, infortunés humains !

Paris est éveillé, braillait-il ; on étale
Les richesses du monde aux regards du Tantale.
    Mère du luxe, insolente cité,
Où tout vient s'engloutir avec de folles sommes
La tendresse du cœur et le travail des hommes,
    Malgré tes murs : Vive la liberté !

Civilisation, flot qui toujours varie
Marche ! le chiffonnier reste à la barbarie,
    Ni Dieu, ni diable, effrayant nos marmots,
Je dévore au soleil les bribes que tu jettes ;
Comme l'oiseau je vais butinant quelques miettes,
    Et mon Pactole est au fond du ruisseau.

Tout n'est que préjugés, distinctions stupides,
Vos mœurs, petits bourgeois, ont bien leurs homicides,
    Comme la foi ses superstitions.
Votre société s'affaisse et se disloque
Ton beau voile ô vertu tombe loque par loque
    Et le voilà dans ma hotte aux haillons.

Grandeur ! tes dignités ces sortes d'amulettes
Que tu pends après toi comme autant de sonnettes
    Ne valent pas un verre de cognac.
Vantez vos monuments, allez bayer aux grues,
Badauds qui vous carrez de vos boueuses rues ;
    Moi j'aime mieux une once de tabac.

Que suis-je ? un animal, un être humain ? Qu'importe !
Pour sortir d'ici-bas puisqu'il n'est qu'une porte,
    Le chien vaut l'homme. Et puis j'aime ces gens,
Qui donnent au hasard les trois quarts de la vie,
Qui n'accrochant personne au gibet de l'envie,
    Fêtent Bacchus, prince des indigents.

Chez nous les Putiphars, ô dames vertueuses !
En dépit des époux triplement amoureuses,
    Font d'un Joseph un effréné gaillard
Aimant à respirer les roses sur la paille
Où l'amour en haillons, rit, chante, se chamaille,
    Et, sans tricher, joue à Colin-Maillard !

Donc, je vis librement de ce que je ramasse
Des choses que chacun dédaigne, perd ou casse :
    Chiffons, papiers, os et croûtes de pain,
Si je trouve de l'or ce jour-là ça se gâte,
Avec ma Louison je me saoule et m'empâte
    Et pour huit jours, adieu le mannequin !

Citons encore :

Les Hirondelles de Nuit, par TH. LABOURIEU et A. ANDRÉE. — Grand roman paru dans le *Journal du Dimanche* en 1877, qui comporte le chanson suivante :

LE CHIFFONNIER

Chiffons,
Chiffonnons,
C'est la devise
De mode et de mise
Des chiffortons.
Chiffonniers, chiffortons
Du quartier des chiffons !.

Chiffonniers de Paris,
    Roi des nuits,
Lorsque ta hotte est pleine,
Tu peux dire sans peine
Que de ta hotte encor
Tout chiffon devient or !
Vive, vive notre industrie !
  Honte à qui la renie !
Tout renaît par elle à la vie !

      Chiffons,
    Chiffonnons, etc.

Chiffonniers de Paris,
    Roi des nuits,
Lorsque ta hotte est pleine,
Certaine œuvre malsaine
D'un auteur malveillant
Retourne au papier blanc !
Qu'on la siffle ou l'oublie,
De la mort elle passe à la vie !

      Chiffons,
    Chiffonnons, etc.

Chiffonniers de Paris,
    Roi des nuits,
Quittant ta hotte pleine,
Lorsque le sort t'amène
A venger nos drapeaux,
Tu redis en héros :
Vive ce chiffon qui m'honore,
  Le chiffon tricolore !
Par lui la France renaît encore.

      Chiffons,
    Chiffonnons, etc.

La *Parodie* de janvier 1870 a publié ce qui suit :

CHIFFONNIERS

Torse droit, front courbé. — Sa lanterne ballotte,
Couvrant les détritus d'un rougeâtre glacis.
Automatiquement, le croc, prompt et précis,
Va de la hotte au tas et du tas à la hotte.

Un panama sans fond lui cercle les sourcils,
Ses poils ont l'aspect des neiges sales. — La crotte
A rapiécé les trous du pantalon qui frotte
Autour des tibias par la crasse roussis.

Impassible, il besogne à son tri. Le vacarme
Hurlant sur ses talons de quelque émeute en arme
Ne lui ferait dresser l'oreille ni les yeux ;

Lanternier-philosophe, ami de l'heure sombre,
Il vague, projetant, maigre sordide et vieux,
Du dédain sur la vie et du jour sur de l'ombre.

Jules Dementhe.

Maintenant, nous ne saurions mieux faire que de reproduire ces quelques vers de Beaudelaire également peu connus :

Souvent à la clarté rouge d'un réverbère
Dont le vent bat la flamme et tourmente le verre
Au cœur d'un vieux faubourg, labyrinthe fangeux
Où l'humanité grouille en torrents orageux,

On voit un chiffonnier qui vient branlant la tête
Buttant et se cognant aux murs comme un poète,
Et sans prendre souci des mouchards ses sujets
Epanche tout son cœur en joyeux projets.

Il prête des conseils, dicte des lois sublimes,
Terrasse les méchants, relève les victimes
Et sous le firmament comme un dais suspendu
S'enivre des splendeurs de sa propre vertu.

Notre bon camarade, le grand compositeur Gustave Charpentier, a mis aussi à la scène des chiffonniers dans le second acte de son chef-d'œuvre *Louise*. Le triomphe de cette pièce s'accentue chaque jour à l'Opéra-Comique.

LA
MOISSON DES RUISSEAUX

CHAPITRE PREMIER

S'il fallait dresser une liste de tous les objets, de tous les détritus que ramasse et revend le chiffonnier, mentionner en détail les classements qui s'en font, les manipulations multiples au moyen desquelles ces débris de toutes sortes sont transformés par l'industrie en produits neufs, il nous faudrait recourir à la science du chimiste, d'abord, et ensuite demander à chaque industrie les secrets de sa fabrication, les procédés particuliers qu'elle emploie.

L'industrie du chiffon a pris en effet une extension extraordinaire, depuis une trentaine d'années surtout. Nous sommes loin des chiffres de 1853 où il y avait à Paris vingt-huit marchands en gros faisant un chiffre d'affaires de 1.600.000 francs.

On ne ramassait pas alors la moitié des marchandises qu'à présent on empile dans les hottes et dans les sacs. L'industrie n'avait pas encore trouvé le moyen d'utiliser comme de nos jours absolument tout ce qui n'est pas ordure proprement dite, c'est-à-dire cendre ou déchet végétal.

On ne peut s'empêcher d'être surpris lorsqu'on lit les statistiques de ces derniers temps, lorsqu'on constate que dans une année, les biffins ramassent sur les trottoirs de Paris pour trente-six millions cinq cent mille francs de marchandises (1).

Dans cette somme, les chiffons ne figurent que pour un tiers, douze millions de francs.

Que représente donc cette somme de vingt-quatre millions? Mais, le prix d'une infinité de marchandises, du papier, des os, des métaux, des cheveux, des bouchons, du verre, des tessons de porcelaine et nombre d'autres choses. La hotte du chiffonnier contient de tout. Elle alimente un grand nombre d'industries. Ce qui ne pouvait plus nous servir, que nous avons jeté dans le ruisseau nous revient grâce à elle, sous une autre forme, reprend sa place, chez nous, sur

---

(1) Selon renseignements reçus de Berlin, le métier de chiffonnier n'existe plus depuis des années.

Les ordures ménagères, etc., sont mises dans des boîtes en fer blanc avec couvercles et déposées dans les rues et enlevées presque aussitôt par des voitures chargées de ce service.

Ce service est confié à des entrepreneurs choisis par la municipalité et les ordures sont converties en engrais, etc. Il en est de même à Londres, à New-York et dans les principales ville d'Europe sous d'autres formes analogues, Compagnies, Sociétés, etc.

notre table, dans notre garde-robe, et même si la calvitie nous atteint, sur notre tête.

Parlons tout d'abord des chiffons.

Il faut aller chez les marchands en gros pour se faire une idée de la minutie avec laquelle s'opère le classement des différentes sortes.

Les prix, en effet, varient énormément. C'est ainsi que les rognures de flanelle blanche valent jusqu'à 4 francs le kilo, alors que les vieux alpagas ne se payent que 8 francs les 100 kilos.

Mais il faut surtout distinguer deux sortes de chiffons : le chiffon de papeterie, toile, calicot, cotonnade, et le chiffon de laine.

De l'une et l'autre sorte, la France exporte annuellement pour vingt-sept millions de chiffons, sur lesquels, nous l'avons dit, Paris fournit à lui seul douze millions.

Ce mouvement d'exportation est dû à une cause bien simple, qui n'est autre que la cherté du transport en France. Nous lisons en effet, qu'un marchand de Paris expédiant un wagon de dix mille kilos de chiffons à un fabricant de papier d'Angoulême paiera 235 francs de transport, et que, pour faire parvenir ces mêmes dix mille kilos à New-York, il ne paiera que 200 francs.

On comprend que, dans ces conditions, les marchands ont tout intérêt à envoyer leurs chiffons à l'étranger.

C'est surtout l'Angleterre qui reçoit de nous le plus de chiffons et ceux de meilleure qualité. Elle achète d'énormes quantités de ces rognures qui sortent des magasins de confection ou des chemiseries. Elle les emploie à fabriquer du papier de luxe, ce « papier anglais », connu dans le monde entier et qui n'est fait que de pure toile.

L'Angleterre achète aussi à nos marchands beaucoup de cotonnade noire, qu'elle nous renvoie avec ses aiguilles, transformée en ce papier noir luisant ou violet foncé, qu'on appelle papier de mercerie.

Les États-Unis et l'Allemagne se contentent des qualités inférieures, des cotonnades à bon marché avec lesquelles ils fabriquent : l'Allemagne, des imitations de papiers anglais; les États-Unis, des papiers à bas prix de toutes sortes.

Autrefois, les chiffons de laine n'étaient guère employés que par les fabricants de produits chimiques qui en tiraient du sel ammoniac. On en faisait aussi de l'engrais. Mais depuis 1830, une industrie nouvelle a vu le jour. Les chiffons de laine sont maintenant effilochés, et la laine qu'on en obtient sert à confectionner de nouveaux tissus.

On raconte, est-ce bien certain, que c'est un paysan de Maine-et-Loire qui, par hasard, découvrit les propriétés du chiffon de laine.

Un jour, en détricotant un vieux bas déchiré, il fut frappé de voir qu'en effilochant à la main les fibres de l'étoffe, il obtenait une sorte de laine, moins belle assurément que de la laine neuve, mais qui paraissait pouvoir encore servir.

Tout de suite, il s'en fut trouver un marchand des environs et lui demanda.

— M'achèteriez-vous cette laine?

— Oui, dit le marchand, apportez-m'en. Je trouverai à l'utiliser.

Dès lors voilà notre paysan achetant de tous côtés les vieux chiffons de laine, et les effilochant au moyen d'un appareil rudimentaire qu'il avait construit lui-même.

L'histoire s'ébruita et le paysan fit sa fortune.

Quoi qu'il en soit, la première machine à effilocher fut construite peu après.

La nouvelle industrie ne cessa de prospérer, et, à l'heure actuelle, il n'est pas d'étoffe de laine, draps, cheviottes, etc., même de luxe, qui ne contienne au moins vingt-cinq pour cent de laine provenant de vieux chiffons.

Le prix moyen de ces chiffons est de 35 francs les 100 kilos, mais, dans les ateliers des marchands en gros, on les classe en une infinité de catégories dont les prix diffèrent selon l'état d'usure, la qualité, et aussi la propreté.

Les vieux alpagas ne valent que 8 francs les 100 kilos, tandis que les blancs fins atteignent 180 francs. Les rognures des couturières valent 0 fr. 70 le kilo, et celles des tailleurs 0 fr. 80.

D'immenses casiers contiennent des milliers de kilos de chaque sorte. En plus du classement par qualité, il faut aussi grouper les chiffons par nuances. C'est un travail étonnant et compliqué dont les ouvriers et ouvrières qui en sont chargés s'acquittent avec une prestesse merveilleuse.

Tout d'abord, avant d'être utilisés, les chiffons sont lavés. Des machines perfectionnées les happent ensuite. les défilent et les effilochent. Après cela, on plonge le tout dans de grandes cuves d'acide. Le coton est entièrement détruit, il ne reste plus que de la laine, absolument propre et débarrassée de toutes les impuretés.

On la carde à nouveau, on la mélange savamment à de la laine neuve. Quelques jours après, le vieux chiffon aura repris sa place dans la circulation : jaquette de bourgeois, redingote, pantalon ou veston, jupe coquette à la devanture d'un magasin.

Autrefois, le papier était entièrement fabriqué avec les chiffons. Maintenant, ils n'entrent plus que pour un dixième environ dans la composition des pâtes. Leur prix est trop élevé. On est obligé de fabriquer du papier à bon marché, on emploie de la paille, du bois, de l'alfa. Il n'y a guère plus que les papiers de luxe pour lesquels on se serve encore de chiffons.

Il y a toute une philosophie dans les différentes façons dont nos vêtements devenus guenilles sont utilisés. Nous avons notre valeur chiffonnière.

« Aux yeux du spécialiste qui connaît les fins dernières des nippes humaines, écrit M. d'Avenel, nous représentons tous une certaine espèce de chiffons qu'il classe dans sa pensée, dont il fixe d'avance la destination et le prix. Le plastron qui bombe, éblouissant sur la poitrine de ce gentleman, figurera bientôt

dans les « gros bons pur fil », très convenables pour
les titres de rente. Les dessous de ces dames assises
ici en robes de bal, fourniront les « superfins choisis »
excellents pour le papier à cigarettes. De ce mendiant
agenouillé à la porte de l'église viendront les « vieux
droguets et noirs », et de cette jeune fille qui lui fait
l'aumône les « mousselines neuves imprimées. »

A cette ouvrière en train de se dégrafer dans sa
mansarde, on demandera les « rognures de corset ».
très recherchées pour le papier à lettre de grande
marque parce qu'elles n'ont pas été brûlées par les
acides des blanchisseuses. De ce couple modeste qui
passe au bord de la plage tendrement enlacé on peut
attendre les « indiennes tout venant » et les « bleus
mêlés toile et coton », et de ce groupe de matelots qui
regagnent leur navire en titubant les « bulles gris
non blanchis. »

Même après leur mort comme vêtements ou comme
étoffes, ces tissus entrés dans le royaume des chiffons
conservent entre eux une hiérarchie sévère. Confon-
dus un instant peut-être parmi les ordures ménagères, ils ne tardent pas à reprendre leurs distances
sur le crochet du biffin, puis dans les ateliers de
triage du marchand.

Si nous nous transportons dans le quartier des
papiers, chez un marchand en gros, nous assistons
au même spectacle de « tricage » minutieux, de classement pour autrement dire.

Il s'agit de distinguer les « blancs », les imprimés
et les gris, car les fabricants de cartons ne les achè-

8.

tent pas au même prix, non plus que les « carous »,
vieux papiers sales, journaux, lambeaux d'affiches.

Rien n'est plus édifiant, plus instructif aussi qu'une
visite dans les magasins d'un marchand en gros,
lorsque comme cela se fait, par exemple chez Verrier
et Dufour, à la Villette, ce marchand cumule, et qu'il
joint au commerce des chiffons et des papiers ceux
de l'os, du cuir, des métaux, des tessons de verre et
de porcelaine, des peaux, des éponges, etc.

Il y a quelques années, il s'est fait un massacre
extraordinaire de vieux bouquins, de ces énormes in-
folios dont on voyait des tas entiers dans les Marchés
aux Puces, et que les marchands ne trouvaient pas à
vendre.

Voici comment on les utilisait. Sans respect aucun
pour leur reliure solide qui, bravant le temps. s'était
conservée presque intacte, non plus que pour leurs
fleurons marqués au fer, on les disloquait.

Ceux qui dataient du grand siècle, on employait
le cuir de leur reliure pour confectionner de pro-
saïques chaussures. C'est par milliers que les chiffonniers les ont exterminés. Heureux encore — pauvres bouquins — si pour satisfaire une dernière fois
aux galanteries sucrées que vous racontiez sans doute,
vos feuillets éparpillés se retrouvaient un jour,
sous forme de carton à chapeau, au bras d'une jolie
modiste.

Nous ne croyons plus qu'aujourd'hui ce commerce
existe encore. Les vieux bouquins trouvent davantage
d'acheteurs, d'aucuns n'en faisant même acquisition

que pour conserver leur reliure et la faire mettre sur le dos de livres modernes.

Les vieilles chaussures trouvées dans les boîtes à ordure font l'objet d'une industrie spéciale, qu'on appelle « la groule » et que nous décrirons d'autre part. Elles sont d'abord soigneusement inspectées, on visite leurs blessures, et si elles ne sont pas jugées incurables, on leur refait une santé, une apparence cossue, et elles sont revendues dans les marchés spéciaux.

Lorsqu'on désespère de leur cas, on les exécute sommairement, et leurs différentes pièces sont utilisées pour confectionner des bottines neuves.

Voulez-vous avoir une idée de ce qu'il se consomme à Paris de pots au feu, de ragoûts, de gigots?

Parcourez les magasins des spécialistes? D'un côté, vous verrez tous les os de calibre et de bonne qualité, destinés à prendre le chemin des ateliers de tabletterie et de brosserie, où ils se transformeront en brosses à dents, en montures d'éventail, en manches de couteau, de parapluie, en ronds de serviette, en chapelets, etc., etc.

D'un autre côté, le menu fretin, les os qui ne peuvent servir à rien autre chose, attendent de partir pour l'usine qui en fera de l'engrais et du noir animal.

Inutile de dire qu'on n'a pas manqué d'enlever auparavant sur tous les os, les quelques lambeaux de graisse qui y étaient encore attachés — et qu'on revendra à part, aux fabricants de chandelle.

On peut sans exagération affirmer qu'on trouve de tous les métaux chez le chiffonnier en gros.

La ferraille, naturellement, occupe la plus grande place sous forme de barres, de crochets, de plaques de tôle, de vieux clous, de serrures détraquées, d'enseignes et de toutes sortes de débris dont il serait bien difficile d'expliquer la provenance.

Il faut posséder des connaissances spéciales pour attribuer sa place à chacune de ces choses dans le classement qui s'en fait aussi, car tout cela est employé différemment et se vend à des prix très variés.

Le plomb est une marchandise de choix qui occupe un casier spécial. Il y a surtout des bouts de tuyaux, mais aussi des caractères d'imprimerie, des rognures, des « plombs » qui ont servi à « faire tomber » des bas de jupe ou de jaquette, et même des petits soldats peinturlurés.

Il faudrait n'avoir pas vu avec quelle sollicitude le biffin ramassait les capsules de bouteilles de liqueurs, les vieux couverts et les boutons de portes bosselés, pour douter que l'étain et le cuivre fussent représentés chez les marchands en gros. Il y en a trop peu à leur avis, car cela se vend bien, et à gros bénéfice.

Quant au fer blanc, il y fait volumineusement figure sous la forme de boîtes de sardines et de conserves. Il y en a des monceaux, des milliers, en plein air, qui, en attendant leur embarquement, empoisonnent l'atmosphère d'une odeur d'huile rance.

Une boîte à sardines ! Qui songerait à tirer parti

de cela ? Mais, les fabricants de joujous à bon marché. Comment expliqueriez-vous autrement qu'on
vendît dans les bazars, pour un sou, une locomotive
minuscule, un cheval cabré, et nombre d'animaux
coloriés de frais.

C'est grâce à la boîte de conserves qu'on réalise ces
merveilles. Les marchands en expédient des wagons
entiers.

On commence par les débarrasser de l'odeur
qu'elles répandent en les jetant par centaines dans un
grand feu. Armés de longues piques, des ouvriers
remuent l'amas incandescent. Lorsqu'elles sont refroidies, les boîtes, dont, au préalable, on avait enlevé
la soudure, car c'est de l'étain, les boîtes ont perdu
leur odeur désagréable et sont propres.

Il ne reste plus qu'à découper dans les fonds et
dans les parois, les différentes pièces qui, assemblées,
formeront le jouet à un sou.

Ce n'en est point encore fini avec les métaux. En
plus du bronze, du nickel, de l'aluminium qu'ils
récoltent en quantité respectable, certains chiffonniers spécialistes pourraient montrer chez eux de l'or
et du platine.

Cet or, ils ne l'ont pas trouvé — argent ou bijoux —
dans les boîtes à ordure. Non. Leur génie industrieux leur a suggéré l'idée de le récolter sur certains
tessons de porcelaine où il se trouve sous forme de
filets

Ils arrivent ainsi à extraire quatre à cinq grammes
d'or de cent kilos de tessons. Les vieux dentiers,

lorsqu'ils en trouvent, leur fournissent aussi parfois de l'or et du platine.

Qu'ils voient à la porte d'une usine une ampoule électrique, ils l'emporteront précieusement, car elle contient aussi du platine en quantité minime, il est vrai, et que d'autres que des chiffonniers jugeraient négligeable.

Il semble que toutes les substances connues se donnent rendez-vous dans le magasin du chiffonnier.

Nous pouvons encore mentionner le caoutchouc, la nacre, les pierres fausses, la corne, l'écaille, l'ivoire, et que savons-nous de plus !...

Le cuir, lui, est condamné jusqu'à complète usure à faire la navette entre la hotte du chiffonnier et l'échoppe du ressemeleur.

Les tessons de verre dont l'obligeant biffin ne se refuse jamais à nous débarrasser sont nettoyés avec soin dans les magasins des marchands en gros. On sépare le verre à vitre des tessons de bouteille, le cristal forme une autre catégorie et le tout est nettoyé avec soin dans des cuves d'eau acidulée. Tout cela sera refondu par les verriers et reprendra sa place sur les tables ou aux fenêtres.

Puisque nous parlons des bouteilles, disons tout de suite comment d'ingénieux biffins utilisent les litres, flacons ou pots de toute espèce qui portent une marque de fabrique. Nous savons s'il en existe à Paris !

Bien nettoyés et rincés, bouteilles et récipients divers sont mis ensemble, sont classés. Chaque marque connue a son casier où tous les jours on dépose de nouveaux flacons.

Les parfumeries surtout sont représentées là. Vaissier, Fay, Roger Galet, Delettrez, Wiggishoff, Vibert, Lubin, Pinot, — que les oubliés nous pardonnent !!! — y ont un stock toujours renouvelé de flacons à leur marque. Le dentifrice du docteur Pierre, l'eau de Cologne Jean-Marie Farina, l'absinthe Berger, l'anisette Marie Brizard, l'amer Picon et les quinquinas à la mode, Dubonnet, Saint-Raphaël, les bénédictines, chartreuses et liqueurs connues pourraient, en guise de publicité, offrir à leur client une visite aux magasins des chiffonniers.

Sitôt qu'une nouvelle spécialité-panacée quelconque, mixture au nom pompeux fait son apparition, les chiffonniers qui s'occupent de ce genre de commerce lui ouvrent un casier, leur compte courant à eux.

Les flacons d'eau purgative Janos, les fioles d'élixir de l'Immaculée-Conception contre le mal de mer, ou de pilules guérissant les rhumes... fâcheux, voisinent sans gêne aucune avec les bouteilles de lotions « merveilleuses », de teintures « incomparables », d'eau déperditrice à l'usage des obèses, et de vin reconstituant recommandé aux personnes maigres.

Ce musée d'un nouveau genre est intéressant au possible à parcourir. C'est d'un hétéroclite et parfois d'un saugrenu qui forcent le rire, d'autant plus que le hasard, — ce railleur par excellence — y opère des rapprochements d'une irrésistible drôlerie.

Le chiffonnier, lui, classe, nettoie et empile sans

s'occuper d'autre chose. Il pourrait cependant donner des renseignements utiles à bien des gens. Pas de tricherie possible. Il voit ce qui se consomme réellement de tel ou tel produit et plus d'un capitaliste, au moment de commanditer un quinquina se réclamant d'une vente formidable, se serait bien trouvé d'avoir été faire une visite aux magasins du marchand de bouteilles.

Lorsqu'un casier est rempli, le chiffonnier charge sa carriole et va revendre les flacons marqués à la maison qui les a lancés dans la circulation.

Souvent aussi, il trouve plus de bénéfice à céder sa verrerie à des entrepreneurs spéciaux de contrefaçons.

Que de fois n'avez-vous vu dans la rue des bouteilles de fine champagne, d'absinthe, de vin de bonne marque, des flacons d'eau de Cologne portant l'étiquette d'une parfumerie en renom, le tout pêle-mêle dans un vaste panier à la porte d'une boutique dont tout le mobilier consistait en trois ou quatre planches posées sur des tréteaux.

— Voyez, messieurs ! On liquide ! On liquide ! C'est pour rien ! hurlait un camelot.

— Voyez ! Voyez ! Cinquante sous, monsieur, le litre d'absinthe, et c'est du Berger. Dix-neuf sous, madame, l'eau de Cologne. Pas cher. Un demi-litre, et voyez la marque Jean-Marie Farina.

Il n'y a pas à dire en effet, l'occasion est excellente.

— C'est pour m'en débarrasser, je perds de l'argent, explique le camelot.

Les bouteilles s'enlèvent rapidement. Mais aussi, en rentrant chez eux, contents d'avoir fait une bonne affaire, monsieur, de son côté, constate que le Berger n'est autre que de l'eau légèrement alcoolisée et colorée, et madame, que son eau de Cologne ne vaut absolument rien.

Il reste à monsieur, il est vrai, la ressource de faire remplir d'absinthe ordinaire son litre de Berger, et d'en régaler ses amis. Madame, pourra mettre le flacon sur sa table de toilette et dire :

— Je ne me sers que de celle-là.

Il n'est pas jusqu'aux cheveux qui n'aient leur place chez le chiffonnier. Il les recherche avec attention dans la poubelle, et les met à part, le plus souvent, dans une de ses poches.

Il s'en fait un commerce très important. En effet, quoi qu'ils en disent à leurs clientes, les coiffeurs ne coupent pas les nattes qu'ils revendent sur la tête de jeunes paysannes.

C'est le chiffonnier qui fournit aux artistes capillaires tous les cheveux dont ils ont besoin, soit pour confectionner des perruques, soit pour exécuter ces tableaux sous verre et ces sujets de médaillons où ils déploient tant d'habileté, montrent tant de goût et de recherche.

Des statisticiens ont calculé qu'une femme renouvelait sa chevelure à peu près tous les sept ans et cela, rien qu'en ôtant chaque jour quelques cheveux entre les dents de son peigne. Pendant toute la jeunesse, cela va bien, mais il arrive qu'un jour les

9

cheveux arrachés ne repoussent plus, la belle chevelure dont on était fière s'éclaircit. Il faut, pour que
cela ne paraisse pas, faire emplette d'une fausse natte.

Heureusement que chaque jour le chiffonnier a
recueilli les mèches qu'on jetait avec insouciance.
Grâce à lui, le mal n'est pas sans remède. Le chignon
triomphal sera toujours aussi fourni, les bandeaux
aussi épais et les coquettes plutôt que de s'avouer
qu'elles reporteront peut-être leurs propres cheveux,
et de remercier le chiffonnier, peuvent s'imaginer
que leur coiffeur dit vrai; que des milliers de jeunes
bretonnes ou normandes viennent tout exprès à Paris
chaque année pour s'y faire couper les cheveux.

Pendant bien longtemps, ce fut pour les coiffeurs
un problème ardu que la façon de s'y prendre pour
satisfaire les demandes de cheveux. Ils les payaient
fort cher et n'en trouvaient pas autant qu'il leur en
fallait.

Surtout, pendant le grand siècle et jusqu'au com-
mencement de celui où nous vivons, la mode étant
pour les hommes de porter perruque, les demandes
dépassaient souvent ce que, même en payant très
cher, les coiffeurs pouvaient obtenir.

Ils étaient sur les dents. On coupait alors leurs
cheveux aux femmes qui entraient en prison. Les
coiffeurs eussent souhaité que le nombre des crimes
et délits féminins augmentât du double.

— Tant pis pour la moralité publique, pensaient-
ils, nous aurions au moins de quoi satisfaire notre
clientèle.

Dans leur ardeur capillaire, ils ne demandaient rien moins que les cheveux des femmes dont personne ne venait réclamer le corps dans les hôpitaux.

De nos jours, le sexe laid ne porte plus perruque, mais on n'en fait pas moins une consommation étonnante de cheveux. Le chiffonnier est venu résoudre le problème, c'est maintenant de sa hotte que sortent toutes les fausses nattes dont nos compagnes font si grand cas.

Naturellement, de la poubelle à la vitrine du « figaro », le cheveu subit nombre de manipulations. Il faut le nettoyer, le démêler et faire la natte presque cheveu par cheveu en mettant du même côté toutes les racines, puis ensuite, le tresser, l'onduler et parfois même le teindre au goût du jour.

Il en sort intact, le fragile cheveu, et après avoir connu l'exil, avoir coudoyé dans le ruisseau la fange et l'ordure, il va parader à nouveau sous la lumière des lustres d'un salon, recevoir le baiser passionné de lèvres ardentes.

Hâtons-nous de dire pour être exact que l'industrie du cheveu a périclité sérieusement depuis plusieurs années. C'était trop beau. Certains chiffonniers allaient même acheter chez les coiffeurs les cheveux d'hommes dont ils faisaient, paraît-il, des filtres pour sirops.

D'après ce qu'ils nous ont dit, les chiffonniers ne ramassent plus les démêlures de femmes dans les boîtes. Le commerce est tombé. Les coquettes portent beaucoup moins de fausses-nattes et de plus, chose presque incroyable, on fabrique à présent des cheveux en lin qui ressemblent à s'y méprendre aux cheveux naturels.

Que de sujets d'étonnement continuel lorsqu'on suit dans leur mystérieuse destinée toutes les choses qui sortent du ruisseau. On admire l'ingéniosité déployée par tous ces gens qui résolvent les problèmes les plus difficiles, qui, chaque jour, trouvent un nouveau mode d'emploi aux marchandises qu'ils recueillent.

Après les cheveux, les éponges. Leur état de saleté importe peu au chiffonnier pourvu qu'elles aient conservé à peu près une forme, qu'elles ne soient pas en lambeaux. Les spécialistes ont vite fait de les remettre à neuf et n'épargnent pas à cet effet les bains de chaux et de chlore. Séchées, tapées, raccommodées, elles ne font pas trop mauvaise figure et, pour tromper tout à fait l'acheteur, on va même jusqu'à semer dans les pores des petits graviers ou des fibres de varech comme il s'en trouve dans les éponges neuves.

Opération lucrative ! On les revend à bon prix aux camelots, qui parcourant les rues, trouvent encore le moyen de laisser leur marchandise à très bon marché et de réunir autour d'eux une foule avide.

Le pain, les croûtes durcies que vous jetez ! Savez-vous ce qu'elles deviennent ? Vous les avez dédaignées, elles reprendront place sur votre table pour que vous mangiez du jambonneau, car d'intelligents industriels en auront fait de la chapelure. Il faut dire tout de suite que le chiffonnier conserve pour lui et sa famille les croûtes les plus propres et que le charcutier n'a que le fond du panier.

A ce sujet, nous ne pouvons passer sous silence l'histoire si pittoresquement écrite par Privat d'Anglemont, de ce père Chapellier, qui, après avoir été chiffonnier, exerça successivement les professions de « gaveur de pigeons » et de « peintre de pattes de dindons » avant de devenir boulanger en vieux, c'est-à-dire marchand de croûtes de pain.

Laissons parler un peu l'amusant conteur du *Paris-Anecdote*, qui va nous expliquer tout d'abord ce qu'étaient ces professions bizarres de gaveur de pigeons et de peintre de pattes de dindons.

... Son nouveau métier, dit-il, consistait à se remplir la bouche de graines ou de pois, à ouvrir le bec des jeunes pigeons et à leur ingurgiter le tout dans l'œsophage.

—La chose vous paraît simple, nous dit-il, mais vous ne pouvez vous figurer combien il est fatigant de gaver ainsi deux ou trois cents pigeons en une heure.

Le père Chapellier gagnait quarante sous par jour à ce métier. Son ambition n'était pas satisfaite. En regardant autour de lui, il vit que les marchandes de volailles qui ne vendaient pas leur provision tout de suite étaient obligées d'en baisser le prix d'un quart par chaque jour de retard, de telle sorte qu'elles arrivaient même à la vendre à perte, quoique la marchandise eût la même apparence de fraîcheur que si elle venait d'être tuée. Et pourtant aucune cuisinière ne s'y trompait. Il s'inquiéta de ce prodige ; on lui répondit que c'était uniquement parce que les pattes des dindons, qui étaient noires et brillantes le jour de leur mort, prenaient des tons de plus en plus grisâtres à mesure qu'on s'éloignait de ce moment.

Il n'en fallait pas plus à un homme de génie. Chapellier rentra chez lui et se mit à composer un vernis qui pût conserver aux gallinacés, bien des jours après leur trépas, ce lustre brillant qui orne leurs pattes et constate leur valeur auprès des gourmets. Deux jours après la révélation qui lui avait été faite, il revint triomphalement au marché : il pouvait s'écrier comme je ne sais plus quel ancien : Eurêka ! ou comme je ne sais plus quel moderne : J'ai trouvé ! Il expliqua et expérimenta sa découverte : toutes les commères s'y trompaient elles-mêmes. On fit des essais ; on présenta de la volaille à pattes vernies aux plus fines cuisinières : elles se laissèrent prendre aux apparences. L'invention fut adoptée.

Après avoir fait une pareille trouvaille, ce n'était plus rien pour notre homme que d'avoir l'idée de s'établir « boulanger en vieux » et fabricant de chapelures.

C'est ici que Privat d'Anglemont fait intervenir, délicieusement esquissé, son second personnage, M. Hébard, ce type original, qui veut à toute force faire fortune, qui exerce aussi un nombre extraordinaire de professions avant d'y parvenir, de pouvoir réaliser le rêve de toute sa vie : posséder une bibliothèque et surtout un Voltaire complet, édition Touquet !

Toujours selon d'Anglemont, ce Hébard aurait eu le premier l'idée d'utiliser les vieilles croûtes de pain à fabriquer du pain d'épices, que naturellement il vendait le meilleur marché de tout Paris, et dont il approvisionnait les forains.

Revenons à nos chiffonniers. Nous n'avons pas encore fini d'énumérer les marchandises qu'ils livrent à l'industrie.

Avec les vieux cartons, on confectionne les articles de laque qui, vernis et enjolivés par des artistes spéciaux, se vendront comme arrivés de Chine par le dernier vapeur.

Les bouchons ayant déjà servi feront le bonheur des marchands d'encre, qui en coifferont leurs bouteilles. Ce chapitre du bouchon est peut-être le seul au sujet duquel les biffins se soient entendus avec les garçons de café. Voici à peu près ce qui se passe.

Dans les établissements de nuit surtout, pour forcer la vente de leur produit, les marchands de champagne ont imaginé de donner une prime de quinze, vingt et jusqu'à trente centimes par bouchon qui leur est présenté par les garçons. Or, sachant cela, que fait le chiffonnier ? Il vend un sou, deux sous pièce, au garçon, les bouchons qu'il a trouvés en chiffonnant. Tous les deux y trouvent leur compte.

Ce n'est pas surtout dans les boîtes à ordures que les biffins ramassent les bouchons, c'est sur les berges de la Seine. A de certains endroits formant retrait et où le courant amène tout ce qui flotte, on peut voir des biffins armés d'une sorte de pelle emmanchée au bout d'une perche recueillir par centaines les petits cylindres de liège, sans négliger, bien entendu, les épaves de toute sorte ayant quelque valeur à leurs yeux.

La Seine paye son tribut au chiffonnier, qui ne se contente plus de glaner sur la terre ferme. Près du lieu de déversement des collecteurs, on voit parfois, dans une barque, des individus fiévreusement occupés à enlever la couche de graisse noire et puante qui recouvre l'eau de la Seine, forme comme des bourrelets sous l'action des vagues et s'étend avec des reflets violets.

Le promeneur surpris pourrait les prendre pour des ouvriers de l'Administration et sourire du procédé employé pour rendre à la Seine, ou à la Senne, un peu de cette limpidité que chantait Mme Deshoulières.

Il s'agit bien de cela. L'Administration n'a pas autant de sollicitude. Cette graisse qu'avec tant de soin on recueille dans un baquet, sera tout simplement vendue par le chiffonnier au fabricant de chandelles. Autrefois, cela se pratiquait dans les égouts.

Il semble difficile d'être plus ingénieux. Que penser, cependant, de cet industriel qui achète les peaux de chiens et les tanne par l'électricité? Voici une explication qui fera plaisir aux âmes sensibles, aux bonnes dames dont le toutou choyé s'est perdu, a sans doute été conduit à la fourrière par un charitable passant coiffé d'une casquette.

L'industriel en question achète ses peaux à la four_
rière ; les biffins lui en fournissent aussi, car ils ne
négligent aucun bénéfice. Au lieu de subir pendant
sept à huit mois toutes sortes de triturations avant
d'être transformées en cuir, avec l'électricité, les
peaux sont préparées en quelques jours.

On obtient un cuir doux et souple et plus fin que
du chevreau, et l'on en fait de mignonnes chaussures
qui obtiennent beaucoup de succès auprès des élé-
gantes. En passant, et sans insister davantage, on
peut remarquer que cet amour de la race canine, qui
fait pousser aux dames les hauts cris lorsqu'il s'agit
de la fourrière, ne se manifeste plus quant au traite-
ment posthume qu'on inflige à leurs toutous.

Il est vrai que lorsqu'il s'agit de modes...

A propos de modes, on pourrait affirmer qu'à leur
point de vue, les chiffonniers ne sont pas partisans
de la suppression du corset. C'est une aubaine pour
eux lorsqu'ils en trouvent contenant de la baleine.
C'est une marchandise de choix qui fait l'objet d'un
commerce spécial dont nous dirons deux mots lorsque
nous parlerons des marchés.

Les montures de parapluie aussi font le bonheur
des biffins. Ils les revendent facilement.

Aussi bien, quand on a étudié pendant quelque
temps les habitants des cités, qu'on s'est rendu compte
de la diversité d'objets dont ils savent tirer parti, on les
admire, et l'on se demande, sans trouver de réponse
d'ailleurs, quelle est la marchandise, l'objet que n'a
pas contenu leur sac ou leur hotte.

9.

CHAPITRE II

Nous avons rencontré un jour à Saint-Ouen, un certain vieux bonhomme qui n'avait pas tout à fait la mine d'un chiffonnier et à qui nous avons demandé sa profession.

— Je suis marchand de tripes pour les chiens, nous a-t-il répondu.

Nous ne nous serions jamais imaginé qu'une pareille profession pût exister et surtout nourrir son homme. Il paraît que si. Le père Douté nous a donné son adresse : 2, rue Marceau. Il possède une véritable clientèle qu'il fournit régulièrement. Chaque matin, il fait sa tournée avec sa voiture attelée d'un petit âne. Quant à savoir où il achète ou découvre sa marchandise, — peut-être craint-il la concurrence — il n'a pas voulu nous renseigner.

A ce commerce qui lui laisse des loisirs, le bonhomme en joint un autre au moins aussi bizarre.

Il passe dans plusieurs cités de Saint-Ouen et de Clichy, et il y achète les coquilles d'escargots. Il a quelques biffins qui le fournissent, de même qu'il sait où revendre sa marchandise.

— Alors, lui disons-nous, c'est donc réel qu'on fabrique des escargots ?

— Ben, pourquoi pas ! On fabrique bien plus étonnant que ça.

— Et avec quoi ? du mou, des poumons de bœuf.

— Pas du tout, il faut de la marchandise soignée.
du mou de veau, du foie de cochon.

Et nous apprenons que le marchand de tripes pour
chiens vend en moyenne pendant la bonne saison
deux à trois mille coquilles par jour, et qu'il n'est
pas le seul à exercer ce commerce.

Un autre type encore que celui qui ramasse les
crottes de chiens. Tout le monde sait que ce... que
cette... substance est très recherchée pour peausser
les gants de Suède, pour leur donner cette souplesse
incomparable qu'ils possèdent.

C'est surtout le matin que la récolte est fructueuse,
et, selon notre homme, il faut encore connaître les
bons endroits. Tout comme les hommes, les chiens
ont leurs habitudes, et de même que le ramasseur de
bouts de cigares sait que devant tel café, à telle
heure, il remplira sa poche, de même le ramasseur
de... parfaitement... sait où il lui faut aller pour
trouver de la marchandise.

Que ne ramasse-t-on pas sur le pavé de Paris?
Dans les quartiers excentriques, il n'est pas rare de
voir ramasser le crottin de cheval. Les petits bourgeois qui ont un coin de jardin derrière leur maison
achètent encore un bon prix la brouettée. On ramasse les écorces d'orange qui, séchées, sont employées en herboristerie et par les liquoristes pour
faire du curaçao..... amère énigme !

Les têtes de faisans font aussi l'objet d'un trafic spécial. On les ramasse à la porte des rôtisseries et lorsqu'on en trouve dans les boîtes, pendant la période de la chasse. Le chiffonnier qui en a trouvé une, plutôt que de l'ajouter à son fricot, la conserve et la vend à un nouveau type d'industriel : l'empailleur pour charcutier. La tête du volatile est vidée, nettoyée, empaillée, on lui met des yeux de verre, on la « monte » en un mot, et le charcutier l'achètera pour en couronner son étalage savant, dans sa vitrine.

S'il s'en tenait à cela, le charcutier ne serait guère répréhensible. Nous avons vu déjà qu'il nous faisait manger comme chapelure les vieilles croûtes de pain ramassées dans le ruisseau. Nous avons oublié de mentionner le commerce des os de jambonneau. Car, il faut le savoir, le charcutier moderne est doublé d'un anatomiste. Il se consomme à Paris deux ou trois fois plus de jambonneaux que n'en peuvent fournir les porcs qui y entrent. Il faut donc ruser.

Le même os peut servir presque indéfiniment, sortir chaque soir, savamment garni de la boutique et y rentrer chaque matin rapporté par le biffin. Que dire à cela dans une époque où la falsification fait du café avec des glands de chêne, du vin sans raisin, du beurre sans lait, et bientôt de l'alcool avec des bâtons de chaise.

D'après ce que nous en avons dit, le nombre et la variété de substances qu'il contient, on peut se faire une idée de ce que sont les magasins du chiffonnier en gros. Qu'on juge de la minutie, du soin qui doivent être apportés au classement lorsqu'on saura que, rien que pour les chiffons, il n'y a pas moins de quatre cents espèces différentes — toutes ou à peu près employées diversement par l'industrie.

Certaines maisons de chiffonnage occupent plusieurs centaines d'ouvriers et de femmes pour le triage et le nettoiement des marchandises. Les magasins sont immenses, aménagés par quartiers spéciaux.

Parmi les étoffes, certaines ont une destination plutôt bizarre. Qui se serait douté, par exemple, que les pantalons rouges de nos soldats servaient à faire des bonnets qu'on expédiait en Asie-Mineure.

Il y a matière à réflexion, à raillerie, à attendrissement dans ce qu'on apprend en une simple visite à travers ces musées des produits de la rue.

HISTORIQUE

DES CHIFFONNIERS

CHAPITRE PREMIER

UN COUP D'ŒIL SUR LE CHIFFONNIER

Si depuis quelques dizaines d'années seulement l'industrie s'est avisée de tirer parti, de transformer et de relancer dans la circulation les marchandises recueillies dans les boîtes à ordures et sur le pavé, le chiffonnier en lui-même existe depuis des temps immémoriaux. Sa trace est difficile, sinon impossible à retrouver aux époques éloignées des Grecs et des Romains. Néanmoins, il existait certainement sous d'autres formes, sous d'autres aspects et les générations passées ont sans nul doute connu le chiffonnier.

L'industrie du chiffon, du détritus, jeté à la rue, si elle a fait vivre de tout temps une nombreuse catégorie d'individus, si actuellement elle fournit rien qu'à Paris du travail à plus de trente mille personnes, n'a jamais, croyons-nous, valu à ceux qui l'ont exercée l'estime et le respect de leurs concitoyens. La liste serait longue des édits, ordonnances, arrêtés et mesures de police pris contre les chiffonniers. Ces modestes et utiles travailleurs, sans lesquels chaque année des millions de marchandises seraient entièrement perdus pour l'industrie ont toujours vu s'exercer contre eux les rigueurs de l'autorité.

Il semble que pendant de longues années, on n'eût jamais voulu croire qu'il leur était possible de gagner leur vie rien qu'en ramassant sur la voie publique les débris de toutes sortes provenant de la consommation journalière des grandes villes.

Déjà, en 1701, l'ordonnance du lieutenant de police d'Argenson est pleine de sous-entendus à cet égard.

Elle concerne les chiffonniers qui infectent l'air par les immondices de leur profession.

« Sur le rapport fait à l'audience de police au Chastelet par maistre Pierre Dumesnil, conseiller du Roy, commissaire au Chastelet de Paris, ancien préposé pour le fait de la police au quartier Saint-Martin ; qu'il a reçu plusieurs plaintes tant des bourgeois et des propriétaires, que des locataires de la Rue Neuve Saint-Martin ; de ce que plusieurs particuliers chiffonniers et autres demeurants en ladite rue, Cul-de-sac d'icelle et és environ se mettent de trafiquer de chiens, pour la nourriture desquels ils font provision de chair de chevaux qui infectent le quartier, lesquels chiens au nombre de plus de deux cents, ils laschent la nuit et le jour dans la rue, en sorte que des passans en

ont esté mordus; et lorsque ces chiens sont renfer-
mez, ils troublent par leurs hurlements le repos des
habitans pendant la nuit... comme aussi... nonobstant
les défenses qui leur furent par Nous réitérées l'année
dernière de sortir de leurs maisons à minuit et de
marcher dans les rues sous pretexte d'amasser des
chiffons, ce qui peut donner lieu à la plus grande
partie des vols que se font tant des auvents que des
grilles et des enseignes, même causer et favoriser les
ouvertures des boutiques, salles et cuisines qui sont
au rez-de-chaussée, estant facile auxdits chiffonniers
d'en tirer avec les crocs dont ils se servent, les linges
et la plupart des choses qu'on a coutume d'y laisser;
à quoy étant nécessaire de pourvoir...

« Ordonnons que les arrests, statuts et règlemens de
police seront exécutez selon leur forme et teneur; et
en conséquence avons fait défenses à tous chiffonniers, chiffonnières et autres, de vaquer par les ruës
ny d'amasser des chiffons avant la pointe du jour, à
peine de trois cents livres d'amende et de punition
corporelle... »

. . . .

Pendant plus d'un siècle, les chiffonniers ont beau
protester contre la méfiance dont ils sont l'objet,
assurer qu'ils vivent uniquement de leur travail, on
ne cesse de les tenir en suspicion. Néanmoins leur
nombre s'accroît sans cesse et l'autorité suit cet accroissement d'un œil inquiet. Dans les cités qu'ils se
sont bâties, les chiffonniers vivent librement et n'ac-

ceptent guère en leur compagnie ceux qui ne sont pas des professionnels du crochet.

Leur nombre devient tel qu'en 1828, M. de Belleyme, un préfet de police d'alors, ordonnança lui aussi contre eux et les contraignit de porter la médaille. Cette médaille était en cuivre, de forme ovale, et mentionnait les nom, prénoms, l'âge et signalement du titulaire, ainsi qu'un numéro d'ordre. Le sobriquet devait aussi y être indiqué.

De plus le numéro devait être inscrit sur la face extérieure de la hotte en chiffres percés à jour de « 54 millimètres de hauteur ». Ce même numéro devait encore être reproduit « en couleur noire » sur une des vitres de la lanterne.

— De cette façon, pensait sans doute M. de Belleyme, nous saurons au moins exactement le nombre des chiffonniers.

L'illusion dura peu. La tentative d'embrigadement échoua. On se repassait les médailles. Les « vieux » les donnaient à leurs enfants. Pour être en règle avec le sergent de ville on changeait de sobriquet, et tout était dit. Cela donnait même lieu à des scènes amusantes qu'ont vues les vieux Parisiens. Un sergent de ville s'avançait au milieu d'un groupe de chiffonniers.

— Comment vous appelez-vous ?

— Moi ! l'Hareng-Saur !

— Et vous ?

— Boule-de-Suif. m'sieur l'agent.

— Et vous ?

— Attendez, j'm'en rappel' plus, disait avec aplomb un gamin. Voilà. Tromp'-la-Mort!

Et, en effet, les médailles portaient bien les sobriquets indiqués. Seulement l'Hareng-Saur était une grosse matrone aux chairs flasques débordant du caraco. Boule-de-Suif, au contraire. était un grand gaillard maigre et dégingandé. Quant à Trompe-la-Mort, son extrême jeunesse ne justifiait pas le moins du monde son sobriquet.

— Voyons un peu, disait l'agent, qui s'était emparé des médailles. Boule-de-Suif, cette médaille n'est pas à vous! Votre signalement ne correspond pas du tout à celui-ci.

— Comment, c'est pas moi Boule-de-Suif. s'exclamait l'homme en se croisant les bras. Eh! bien alors. c'est trop fort! Dis toi. l'Hareng-Saur, comment que j'm'appelle?

— Boule-de-Suif!

— Et toi, Tromp'-la-Mort.

— Boule-de-Suif. répétait comme un écho le gamin qui se tenait les côtes.

— Vous voyez bien, m'sieur l'agent. reprenait triomphalement l'incriminé!

La même scène se renouvelait si l'agent s'attaquait aux deux autres biffins. Évidemment les médailles ne leur appartenaient pas. Mais que faire? Les arrêter parce qu'ils ramassaient des chiffons? L'agent s'éloignait sans mot dire pendant que les trois compères reprenaient en toute hâte le crochet.

Les choses restèrent donc en l'état pendant de longues années. L'autorité ne pouvant faire autrement fermait les yeux. L'indulgence dont elle usait à l'égard des chiffonniers se justifiait, il est vrai, par d'autres considérations. Passant une partie de la nuit dans les rues, fréquentant les bouges et les tavernes, les chiffonniers étaient tout indiqués pour servir d'indicateurs à la police. Aussi avait-on concédé des médailles à un certain nombre de forçats libérés. Pendant longtemps, le mot chiffonnier fut presque synonyme de « mouchard » et nous croyons que cela est surtout la cause du mépris que, même parmi le peuple, les chiffonniers se sont toujours vu témoigner.

Quoi qu'il en ait été, cet état de choses ne dure plus depuis qu'une nouvelle réglementation a prescrit l'usage des boîtes à ordures. En tant qu'indicateurs de police, les biffins ne peuvent plus rendre de services, ne passant plus comme autrefois la majeure partie de leurs nuits dans la rue.

A cette époque que bénissent les « vieux du crochet », qui se la rappellent, les démolitions n'avaient pas encore chassé vers les fortifications la population chiffonnière. Elle occupait le Faubourg-Saint-Marcel, la Montagne-Sainte-Geneviève, la rue Sainte-Marguerite. Obéissant à une police spéciale, à des coutumes particulières, elle formait dans la capitale une autre cité, dont le continuel accroissement ne laissait pas que d'inquiéter l'autorité. Les lazzaroni parisiens n'avaient pas encore devant eux le spectre de la concession. Heureux dans leur misérable condition. n'ayant et ne voulant avoir d'autre souci que celui de récolter chaque nuit de quoi boire le lendemain, ils vivaient alors les beaux jours de leur histoire. Davantage qu'aujourd'hui, le fumier des rues leur procurait leur subsistance. On connaissait moins la valeur des objets, les caisses d'épargne n'existant pas encore. les cuisinières, les bonnes, étaient moins rapaces, et les tas renfermaient souvent des aubaines pour les chiffonniers. Ils avaient leurs cabarets, leurs auberges spéciales, tel cet établissement : « A l'hazard de la Fourchaite », situé dans les environs de la place Maubert et où l'on dinait pour un sou. Voici comment l'on procédait dans cette philanthopique institution. Plusieurs kilos de rogatons, « d'arlequins » innommables, étaient mis pêle-mêle dans une vaste marmite, et sans doute, pour empêcher les clients de choisir d'avance leur morceau, on recouvrait le tout d'eau chaude, à la surface de laquelle les graisses les plus diverses venaient former une couche protectrice. Lorsqu'il avait donné d'avance son sou, le client était autorisé à « piquer » dans la marmite avec une grande fourchette. Malheur au malchanceux. Il risquait de ne ramener qu'une couenne de lard à peine ramollie par l'eau chaude, qu'une patte de canard à demi dépouillée. Heureux celui qui harponnait une moitié de tête de mouton !

Un établissement analogue fonctionna plus tard dans la rue de la Gaieté, près de la Chaussée-du-Maine, où se trouvaient des cabarets fréquentés aussi par les chiffonniers des faubourgs Saint-Jacques et Saint-Marceau.

Dans un cabaret, barrière du Maine,
Au temps où le vin se vendait six sous,
Lorsque pour six blancs on avait sans peine
Un plat de goujons et de lard aux choux,
Un vieux chiffonnier à la mine altière
Casquette levée et le croc au poing
S'en vient demander si sa personnière (1)
N'est pas par hasard restée dans un coin ?

Cette chanson date de 1825.

Une des cours de la « Californie » donnait aussi accès sur la Chaussée-du-Maine. La « Californie » nom pompeux et séduisant ! Toute une génération de biffins, d'ouvriers, de bohémiens des lettres et des arts y a pris ses repas. La dépense se soldait toujours avec 40 ou 50 centimes.

Autour des Halles surtout, la maison de Paul-Niquet fut pendant longtemps célèbre. Exploités sans vergogne et même souvent maltraités dans ces cabarets qui leur étaient spéciaux, les chiffonniers, chaque nuit, de minuit à cinq heures du matin, n'y en allaient pas moins boire le « camphre » ou le casse-poitrine. Pour éviter l'encombrement, il n'y avait parfois, ni bancs, ni chaises, mais seulement à l'usage des consommateurs des cordes pendant du plafond jusqu'à hauteur de moitié d'homme. Assommé par l'alcool, l'un d'eux roulait-il sur le sol, il était emporté par le tavernier, jeté plutôt dans une sorte de cachot à peine garni de paille. Bien loin de se plaindre, il faut dire que si, à moitié dégrisé, l'ivrogne retrouvait sur lui

---

(1) Hotte.

quelques centimes, il revenait les échanger contre de nouveaux verres de « fil-en-quatre ».

Rue des Marmousets, existait une maison de ce genre, que par mesure de précaution la police faisait fermer le lundi et le dimanche à trois heures de l'après-midi.

Dans le *Nouveau Paris* de Labédollière nous trouvons, magistralement esquissée, la physionomie de ces chiffonniers dont plusieurs, les Liard, les général Bertrand sont restés célèbres.

« .... C'est dans le XIIIe et dans une partie du Ve,
« dit l'auteur, que sont cantonnés les chiffonniers
« parisiens.

« Lorsqu'un homme est sans ressources, et qu'il
« peut en trouver en fouillant dans les tas d'ordures,
« il faudrait qu'il n'eût pas sept francs (1) dans sa
« poche pour se priver d'une hotte et d'un crochet.
« Dès qu'il est armé chiffonnier, dès qu'il s'est fami-
« liarisé à l'ignominie de ce sale métier, après l'avoir
« adopté par nécessité, il le continue par inclination.
« Il se complaît dans sa vie nomade, dans ses pro-
« menades sans fin, dans son indépendance de laz-
« zarone. Il regarde avec un profond mépris les es-
« claves qui s'enferment du matin au soir dans un
« atelier, derrière un établi. Que d'autres mécani-

---

(1) La hotte peut être estimée à cinq francs, lorsque — c'est assez rare, — elle est en bon état, la lanterne neuve coûte deux francs, mais d'occasion on peut l'avoir pour dix-huit sous. Quant au crochet, il ne vaut pas plus de deux sous. On voit que l'auteur fait largement la part des choses.

« ques vivantes règlent l'emploi de leur temps sur
« la marche des horloges, lui, le chiffonnier philoso-
« phe, travaille quand il veut, se repose quand il veut,
« sans souvenirs de la veille, sans soucis du lende-
« main. Si la brise le glace, il se réchauffe avec des
« verres de « camphre »; si la chaleur l'incommode,
« il ôte ses guenilles, s'allonge à l'ombre et s'endort.
« A-t-il faim? Il se hâte de gagner quelques sous et
« fait un repas de Lucullus avec du pain et du fro-
« mage d'Italie. Est-il malade que lui importe? —
« L'hôpital, dit-il, n'a pas été inventé pour les chiens ».

« Diogène jeta sa coupe; le chiffonnier n'a pas
« moins de dédain pour les biens de ce monde. C'est
« un chiffonnier ivre et titubant, qui, décoiffé par son
« propre roulis, adressa à son chapeau bosselé qui
« gisait sur le sol cette apostrophe pleine de logique :
« Si je te ramasse, je tombe; si je tombe, tu ne me
« ramasseras pas : je te laisse ».

« Soumis à toutes les privations, le chiffonnier est
« fier parce qu'il se croit libre. Il traite avec hauteur
« le marchand de chiffons même, auquel il porte la
« récolte du jour, et dont il reçoit de temps en temps
« de légères avances sur celle du lendemain. — « Si
« tu ne veux pas m'acheter, j'm'en fiche pas mal, j'irai
« ailleurs, dit-il, et il fait mine de s'éloigner. On
« aperçoit son orgueil à travers les trous multipliés
« de sa veste ».

Vers 1853, la gent que fait vivre la poubelle était
encore en possession de la rue Mouffetard, du faubourg Saint-Marcel, de la rue Sainte-Marguerite. Il y

avait à Paris 28 spéculateurs qui achetaient aux chiffonniers leurs hottées pour trier, laver les marchandises, et les revendre aux industriels. Le chiffre
d'affaires était évalué à plus de 1.600.000 francs.

Les chercheurs de nuit, les « coureurs », étaient au
nombre de 1.400 environ, puisqu'il n'a jamais été possible d'établir leur nombre d'une façon exacte.

De M. Victor Tournel, qui en 1858, sous le titre :
Ce qu'on voit dans les rues de Paris, a fait une intéressante étude sur les habitants des cités, nous
reproduisons cette page qui traite de leurs mœurs et
de leur moralité.

« Les chiffonniers sont placés à un degré plus haut
« à les en croire que les balayeurs, un degré plus bas,
« à en croire les balayeurs.

« Pour moi, je suis assez de l'avis des chiffonniers.
« Il y a dans leur profession quelque chose de plus
« original, qui sourit à une imagination vagabonde,
« quelque chose aussi de plus indépendant qui semble
« mieux d'accord avec la dignité d'un homme libre.

« ...... J'ai rencontré des chiffonniers qui se dra-
« paient dans leurs guenilles comme Diogène dans son
« manteau troué. Un autre point de ressemblance avec
« Diogène, c'est que, comme le célèbre cynique, le
« chiffonnier porte une lanterne, non toutefois pour
« chercher un homme, — il se soucie bien d'une pa-
« reille misère — mais pour chercher le pain et le litre
« de chaque jour au coin des bornes. Tout lui est bon.

« Il ramasse non seulement les morceaux de papier
« qu'il pique d'un coup sec et sûr dont j'admire chaque

10

« fois la prestesse, mais les vieux os et les vieilles
« ferrailles, les clous, les boutons, les fragments de
« ficelle, de fil et de ruban.

« Les chiffonniers sont dédaigneux à l'égard du
« bourgeois ; ils ne frayent qu'entre eux ; ils forment
« une société à part qui a des mœurs à elle, un lan-
« gage à elle, un quartier à elle, auquel on peut à
« peine comparer les rues hideuses et méphétiques où
« était acculée, grouillante et sinistre, la population
« juive du moyen âge. Ils sont formés en associations
« régies par de vrais statuts. Ils honorent leurs anciens
« et les alimentent pieusement de tabac et d'eau de vie
« aux frais du Trésor public. Ils ont leurs restaurants,
« leurs hôtels, leurs cafés, leurs marchands de vins,
« leurs bals et leurs guinguettes, certains d'avance
« que personne ne tentera de leur en disputer la pos-
« session exclusive. C'est un peuple de Grugaris en
« campement dans Paris, peuple sombre et dégue-
« nillé, ayant l'ivresse bruyante et terrible, le regard
« fauve sous un sourcil épais, la barbe sale et la voix
« avinée. Ils inspirent une peur instinctive au digne
« citadin qui les regarde comme une famille de ré-
« prouvés et de maudits.

« C'est une chose difficile à éclaircir que la moralité
« des chiffonniers. J'ai lu jadis dans la *Gazette des*
« *Tribunaux* qu'ils se recrutent presque toujours parmi
« les voleurs émérites et les forçats libérés, et que bon
« nombre d'entre eux tirent même la jambe droite en
« marchant comme s'ils y portaient encore rivé le
« boulet du bagne. D'un autre côté, je viens de voir

« dans un article composé par un écrivain qui a fait sa
« patrie littéraire du quartier Mouffetard qu'en dépit
« des calomnies ce sont les plus honnêtes gens du
« monde, et qu'il est bien rare que la Cour d'assises
« ait quelque chose à démêler avec eux.

« Il y a dans la hiérarchie des chiffonniers, comme
« partout, les patriciens et la populace. Les premiers
« qui se désignent eux-mêmes sous le nom de Chambre
« des pairs portent une large hotte qui s'arrondit or-
« gueilleusement sur leur dos, ils ont un croc long et
« solide, une lanterne intacte et qui projette un éclat
« suffisant pour protéger leurs recherches. Les autres,
« des débutants ou des anciens, victimes d'un revers
« de fortune — sont réduits à un simple panier,
« presque toujours sans anse ou bien à un sac; la lan-
« terne ébréchée ne donne qu'une lumière sombre et
« fumeuse; le croc est fabriqué dans les proportions
« les plus exigües, quelquefois il manque tout à fait,
« et le chiffonnier fouille avec ses ongles les ordures
« banales de la voie publique. Chacun a son domaine
« à parcourir, celui qui empiéterait sur la propriété
« dévolue au voisin courrait grand risque de périr
« sous les crochets de ses confrères indignés, tout au
« moins serait-il roué de coups de poing, noté d'in-
« famie, et perdu d'honneur dans toute l'étendue de la
« montagne Sainte-Geneviève.

« Il ne pourrait plus se montrer sans soulever des
« colères formidables dans les principaux centres de
« réunion du quartier « au Bon Coing ». par exemple.
« ou au « Pot tricolore ».

« Mais ces empiètements sont rares; les chiffon-
« niers ont leur manière à eux de comprendre le devoir
« et la moralité, et de faire la police de leur répu-
« blique. »

*
* *

Ajoutons qu'à cette époque le point central de réunion de la corporation était à la barrière Poissonnière
et se nommait « la Chambre des députés ».

Cependant, à plusieurs reprises, la Ville de Paris
avait reçu des propositions émanant d'industriels et
de financiers. Il ne s'agissait de rien moins que de concéder à une Société constituée à cet effet le monopole
de l'enlèvement des ordures ménagères. En 1861 surtout, la combinaison faillit aboutir. Un nommé Drevet
entama des pourparlers avec l'Administration. Il s'en-
gageait à prendre à son service tous les chiffonniers
médaillés, qui, du coup, allaient être privés de leur
gagne-pain.

Avec beaucoup de bon sens, le préfet de police s'é-
leva contre ces projets qui tendaient à asservir les
chiffonniers, à les rendre tributaires d'une Société. Il
fit voir le danger qu'il y avait à s'attaquer aux sentiments d'indépendance si fortement ancrés chez eux, et
finalement, la proposition fut repoussée.

En 1870, nouvel émoi dans le clan des biffins. Le
11 septembre, le gouvernement de la Défense nationale interdit les dépôts d'ordures sur la voie publique.
Mais d'autres soucis détournèrent l'attention des

gouvernants et l'arrêté ne fut à peu près pas mis en vigueur.

C'était cependant comme un signe avant-coureur de la réforme qui allait être effectuée par M. Poubelle en 1884. On enjoignait aux propriétaires d'avoir à munir leurs immeubles de boites spéciales dans lesquelles les locataires devraient déposer leurs ordures. Dans les quartiers aisés seulement, on se conforma aux prescriptions. Il y eut des boites « ad hoc » et, dans beaucoup d'endroits, trop grands personnages pour remplir ces humbles fonctions, les concierges chargèrent des chiffonniers d'aller chaque matin vider les nouveaux récipients.

Ces chiffonniers privilégiés qui, bientôt eurent leurs maisons attitrées se virent, du coup, à peu près assurés de faire chaque jour une bonne récolte. Les coureurs, ceux qui continuaient à explorer les rues, la hotte sur le dos, les envièrent. On les appela des placiers.

C'est donc de cette époque surtout que date la division des chiffonniers en deux catégories : les titulaires de places et les aventuriers.

Deux ans plus tard, M. Léon Renault, préfet de police, s'avisa qu'il fallait mettre un terme à la tranquillité dont jouissaient les habitants des cités. L'Administration, dans un esprit fort louable d'ordre et de régularité, fit procéder à un recensement général.

« Tous les chiffonniers possesseurs et titulaires « d'anciennes médailles, et aussi, le cas échéant, les « individus, qui, bien que ne s'étant pas jusqu'à pré-

10.

« sent conformés aux dispositions de l'ordonnance de
« 1828, ne se livrent pas moins depuis un certain
« temps et d'une manière soutenue au chiffonnage, et
« y trouvent des moyens d'existence suffisants, rece-
« vront une médaille de forme nouvelle contenant les
« indications suffisantes pour permettre de contrôler
« l'identité du porteur ».

On enleva donc aux chiffonniers ces fameuses médailles qu'on leur avait déjà fait payer, et on les
informa qu'ils avaient un délai de deux mois pour se
faire inscrire aux bureaux de l'Administration. Ceux
qui se présentèrent reçurent une nouvelle médaille légèrement modifiée et... qu'ils durent payer à nouveau
comme s'ils n'en avaient jamais possédé.

Mais beaucoup de biffins, se rappelant sans doute
le sort qu'avaient eu les précédentes ordonnances,
firent les sourds.

— Ça fera une de plus qui ira rejoindre les autres,
disaient-ils sans s'émouvoir.

Le malheur voulut que cette fois, M. Renault veil-
lât à l'exécution de son arrêté. Lorsque les deux mois
de délai furent révolus, après une prolongation de
quelques semaines, on refusa impitoyablement de dé-
livrer des médailles aux retardataires. Vieillards in-
firmes, femmes, gamins eurent beau supplier. Ce fut
en vain. Alors, il arriva ce qui devait arriver. La
fraude commença, si toutefois on peut appeler ainsi
l'action de ramasser sur le pavé des détritus perdus
pour tout le monde. Allez donc empêcher un chiffonnier d'emplir sa hotte ! Convaincue une fois de plus

de son impuissance à embrigader les chiffonniers, l'Administration dut fermer les yeux.

Il pouvait sembler aux tenaces « biffins » qu'après toutes ces alertes, ils allaient enfin connaître de lougues années de calme, qu'on ne s'occuperait plus d'eux. Erreur ! En 1875, le Conseil municipal remet sur le tapis la question des ordures ménagères. Une commission est nommée pour résoudre le problème, et M. le docteur Bouchardat, rapporteur, propose des réformes que tout le monde juge excellentes, mais qui n'en sont pas moins oubliées pendant une dizaine d'années.

— Sera-ce cette fois la fin de nos tourments, se demandent les chiffonniers ?

Non pas. Les beaux jours, ou plutôt les belles nuits de votre industrie sont comptés. Allez librement de bas en bas, la hotte sur le dos, le crochet d'une main et la lanterne de l'autre. Les ordures sont encore à vous. Profitez-en. Pendant les longues soirées d'hiver, sans souci du froid, du vent ou de la neige, vous pouvez, en ne perdant pas une minute, remplir plusieurs fois votre « cachemire d'osier ». Jusqu'à minuit vous avez le droit de « vaquer par les rues », à la recherche des os et des chiffons. Ce bon temps ne durera pas.

Voici venir M. Poubelle, qui, comme l'a spirituellement écrit un chroniqueur, se dit :

— Nous ne pouvons arracher le chiffonnier au tas d'ordures, eh ! bien, arrachons le tas d'ordures au chiffonnier !

Le 7 mars 1884, date que vous avez tous maudite.

ô biffins! un arrêté enjoint aux propriétaires des maisons de rapport d'avoir à faire usage de boîtes en métal dans lesquelles les locataires devront déposer les immondices dont ils veulent se débarrasser. Nous ne saurions faire autrement que de reproduire cet arrêté qui déchaîna tant de colères.

ARTICLE PREMIER. — Il est complètement interdit de projeter sur la voie publique, à n'importe quelle heure du jour ou de la nuit, les résidus quelconques de ménage ou les produits de balayage provenant de l'intérieur des propriétés privées ou des établissements publics.

ART. 2. — A partir du 15 janvier 1884, le propriétaire de tout immeuble habité sera tenu de faire déposer chaque matin, soit extérieurement sur le trottoir, le long de la façade, soit intérieurement près de la porte d'entrée, en un point parfaitement visible et accessible, un ou plusieurs récipients communs de la capacité suffisante pour contenir les résidus de ménage de tous les locataires ou habitants.

Le dépôt de ces récipients devra être effectué avant le passage du tombereau d'enlèvement des ordures ménagères, enlèvement qui doit commencer à six heures et demie du matin pour être terminé à huit heures, en été, et commencer à sept heures pour être terminé à neuf heures, en hiver.

Les récipients doivent être remisés à l'intérieur de l'immeuble, un quart d'heure au plus après le passage du tombereau d'enlèvement.....

Art. 3. — ..... Les récipients seront munis de deux anses ou poignées à leur partie supérieure. Ils devront être peints ou galvanisés et porter, sur une de leurs faces latérales, l'indication du nom de la rue et le numéro de l'immeuble en caractères apparents. Ils devront être constamment maintenus en bon état d'entretien et de propreté, tant intérieurement qu'extérieurement, de manière à ne répandre aucune odeur à vide...

Art. 7. — Il est interdit aux chiffonniers de vider les récipients sur la voie publique ou de faire tomber à l'extérieur une partie de leur contenu pour y chercher ce qui peut convenir à leur industrie....

Fait à Paris, le 24 novembre 1883.

Signé : E. Poubelle.

Cet arrêté venait à la suite de l'épidémie de choléra. Pendant un mois, on ne parla pas d'autre chose. Pensez donc quelles protestations dans le clan des chiffonniers ! Les journalistes s'emparèrent du sujet, les uns prenant parti pour le préfet de police au nom de l'hygiène et de la salubrité publiques, les autres, au nom de la salubrité publique aussi, réclamant le retour à l'ancien état de choses.

— Il n'est pas étonnant que des épidémies se déclarent, disaient les premiers. Ces amas d'immondices qui séjournent toute une nuit dans les rues infectent l'atmosphère. La mortalité va diminuer avec le nouveau système.

— Erreur absolue, répondaient les autres. Ces milliers de boîtes à ordures vont être des foyers de pestilence. N'est-il pas plus facile de nettoyer le pavé à grande eau, lorsque les· « tas » ont été enlevés. Attendez quelque temps, vous allez pouvoir juger des effets de votre nouvelle réglementation !

Quant aux chiffonniers, ils ne trouvaient pas d'expression pour gratifier la mesure qui les frappait. Soutenus par un grand nombre de journaux, ils organisèrent des meetings et envoyèrent à la Chambre une délégation composée de trois ouvriers et d'un maître chiffonnier. La déposition de l'ouvrier François, dit « Bijou », fit surtout sensation. Les chiffres qu'il portait à la connaissance de la Commission sont assez éloquents par eux-mêmes.

— J'ai dressé, disait-il, une liste qui comprend trois cent neuf familles de chiffonniers prises au hasard et deux cent quarante-quatre enfants. Avant l'arrêté, les signataires de cette liste gagnaient ensemble 660 fr. 05, ce qui représente une moyenne de 2 fr. 25 par personne. Depuis l'arrêté, avec le même travail, ils ne gagnent plus que 1 fr. 05. Il est bien entendu que les enfants ne sont pas compris dans le nombre.

Un autre délégué, M. Aniel, fait une déposition qui nous indique exactement comment s'est formée cette catégorie des « placiers ».

Avant 1851, il n'y avait presque pas de placiers.... Il y avait alors vingt-cinq mille chiffonniers, sur lesquels vingt mille n'avaient pas de médaille. La rue

était meilleure qu'aujourd'hui. Le commerce était
florissant. Alors, qu'arrivait il ? S'il se trouvait parmi
nous un homme infirme, on lui disait : « Dans cette
rue, il y a une dizaine, une quinzaine de mannes, où
vous trouverez à faire votre affaire sans avoir besoin
de courir toute la matinée la hotte sur le dos ».

Voilà comment se sont formés les placiers. Mais il
y a toujours une certaine jalousie dans tous les
métiers. Il s'est rencontré des jeunes gens qui, par
paresse, se sont dit : « Pourquoi aurions-nous plus
de mal qu'un autre ?... Voilà une rue qui est bonne,
nous allons nous en emparer. Mais dans cette sorte
de privilège des places, il n'y a qu'une tolérance ; la
médaille qu'on nous délivre nous permet d'aller chiffonner partout. J'ai le droit d'aller chiffonner à Passy,
à Saint-Denis, à Vincennes. Quand la matinée n'a
pas été bonne, je prends ma petite voiture à bras que
je me suis fabriquée moi-même, et je m'en vais ramasser du verre cassé.

« La situation du placier est meilleure que celle du
coureur, parce que, à force d'aller toujours dans le
même quartier, il se fait connaître des concierges,
des boutiquiers, il acquiert une certaine confiance. Le
concierge, qui a une certaine tendance à la paresse,
qui aime bien rester couché jusqu'à neuf heures,
habitué à le voir tous les jours, lui dit : « Vous vide-
rez ma boîte » ; puis, peu à peu, on lui permet de
monter à tous les étages, jusqu'au quatrième ou au
cinquième ; il va chercher les boîtes du haut en bas
de la maison ; il a soin d'en enlever tout ce qui peut

être utilisable, c'est son intérêt, et moi, coureur, quand j'arrive, lorsque j'use de la permission que le préfet nous accorde, de vider la boîte sur une toile, je travaille dix ou quinze minutes et je ne trouve rien. Je vais ailleurs, et c'est le même truc ».

Le préfet, avec la boîte, a donc créé un monopole pour les placiers aux dépens du coureur.

CHAPITRE II

Sous la pioche des démolisseurs, Paris. entamé de vingt côtés à la fois, a vu disparaître l'un après l'autre ses quartiers les plus vieux, ses maisons les plus pittoresques. Il semble qu'une fureur de démolition se soit emparée de ceux qui président aux destinées de la capitale. On décide chaque jour de nouvelles exécutions. L'amour de la ligne droite possède les édiles parisiens. Au train dont vont les choses, dans cinquante ans, la Ville-Lumière n'aura plus rien à envier à ces cités américaines, qu'avec leurs avenues se coupant régulièrement à angle droit, on ne peut mieux comparer qu'à de gigantesques damiers.

De larges avenues éclairées à la lumière électrique. sillonnées de tramways à vapeur, de bicyclettes et d'automobiles, s'étendent sur l'emplacement qu'occupaient les antiques ruelles. Le pavé de bois a pris possession des chaussées.

On ne pourrait plus accuser les chiffonniers de voler les « enseignes ou auvents », certes. Les quinquets fumeux ne se balancent plus en grinçant au bout de leurs chaînes rouillées. Tout est neuf, tout est régulier.

Dans les rues obscures où les vieilles maisons,

hautes, noires et nues, semblaient se pencher les unes vers les autres, comme pour de mystérieux conciliabules, nous ne rencontrerons plus le chiffonnier d'autrefois.

Une clarté faible vacillait au loin, s'abaissait vers le sol, se relevait alternativement et changeait de place. Une forme haillonneuse, dont l'ombre s'allongeait démesurément, un homme, la hotte sur le dos, le chapeau vissé sur la tête, seul dans la nuit, explorait les ruisseaux, s'arrêtait pour reprendre sa marche, après avoir lesté sa « personnière » d'un os avantageux ou d'une vieille chaussure.

Celui-là était bien le modèle du bohémien, l'être libre par excellence, sans soucis, sans obligations envers personne, faisant son métier par amour de l'indépendance.

Qu'ils sont loin de nous, déjà, ces temps ! et comme, malgré toutes les attaques, les poubelles ont subsisté, crasseuses, méphitiques, il est vrai, recouvertes à l'intérieur, le plus souvent, d'une couche épaisse de matières en décomposition, elles étalent, chaque matin, sur la voie publique, leurs flancs matriculés en grosses lettres noires. Le chiffonnier n'a plus que quelques heures à lui pour effectuer sa récolte. Nous ne le voyons plus le soir dans les rues. Qu'y ferait-il ? puisqu'à l'aube seulement les ordures seront à sa disposition. Aussi comme il dépense de l'activité pendant les courts instants où il peut encore travailler.

Mais, de même que Paris a perdu en grande partie sa physionomie particulière, de même aussi le type du chiffonnier parisien a perdu son pittoresque. Le progrès, les démolitions l'ont forcé à quitter les cités qu'il habitait depuis si longtemps, à émigrer vers les fortifications. En même temps, les conditions du travail changeaient pour lui.

Comme autrefois, il ne court plus, la hotte sur le dos, de « tas » en « tas » et d'une rue à l'autre. Les « placiers », aujourd'hui, sont la majorité après n'avoir été que l'exception. Ils ont leur clan à eux, comme le chercheur d'or a son terrain. Il se fait à présent un véritable commerce de « places ».

— Donne-moi cent francs, je te cèderai mon coin.

L'acheteur, au préalable, s'assure de visu, que la récolte journalière vaut la somme. S'il est satisfait, le marché se conclut. Le vendeur présente son remplaçant aux concierges des différentes maisons dans lesquelles il a le privilège d'enlever la boîte chaque matin. Ce n'est point encore la patente, mais ce n'est déjà plus le métier hasardeux d'autrefois. Le placier sait toujours à peu près le matin ce qu'il gagnera dans sa journée.

Certaines de ces places, entre autres celles qui sont situées devant les grands magasins de confections, rapportent jusqu'à quinze francs par jour à leurs titulaires. Nous sommes loin des quelques sous que le « coureur » d'autrefois arrachait à grand'peine au ruisseau, et avec lesquels il allait dîner à la « Californie » ou à l' « Hazard de la fourchaîte ».

Bien rares sont devenus ceux qui ont continué à travailler selon l'ancienne méthode, les coureurs qui vont au hasard. On en voit encore quelques-uns, cependant. Ils courent devant le tombereau des boueurs, se hâtent de ramasser çà et là, les quelques détritus utilisables qui ont échappé au regard du placier. Ou bien, ils guettent la descente des bonnes, qui viennent elles-mêmes apporter leur seau ou leur petite caisse sur le trottoir.

Quelques-uns, plus hardis, usent de ruse et moissonnent sur le terrain d'un placier. Ils attendent le moment où celui-ci vient d'entrer dans une maison pour y chercher la poubelle, et, bravement, pénètrent dans une maison voisine, font leur récolte, et s'en vont. Dans les quartiers aisés, surtout, ces chiffonniers « marrons » font des leurs. Souvent, cela donne lieu à des pugilats homériques, l'intrus reçoit une râclée formidable qui lui ôte l'envie de revenir.

Du reste, nous l'avons déjà dit, le nombre de ces irréguliers devient de plus en plus restreint. Le chiffonnage qui semblait devoir fournir indéfiniment un moyen honnête de gagner leur existence aux miséreux et aux sans-travail, est devenu un commerce pour l'exercice duquel il faut des capitaux. Dans quelques années, les coureurs, les vrais chiffonniers, ceux que portraiturèrent Traviès, Pigalle et Gavarni, auront tout à fait disparu.

*
* *

Toutes les époques ont eu leur influence; mais si Voltaire a su exercer la sienne sur les esprits du

xviiime siècle, il serait difficile de fixer de dates exactes
pour l'influence des chiffonniers sur l'art en général
sous toutes ses formes.

Néanmoins, pour généraliser, on peut dire que de
1830 à 1850 nombre de bibelots, de breloques, de dessins, de gravures, de peintures, de bronzes, etc., re-
présentèrent des scènes de biffins ou simplement des
portraits de chiffonniers.

Les sujets de pendules dans lesquels la hotte inva-
riablement servait d'enveloppe au cadran furent nombreux. Voilà une hotte et un biffin au pied d'un
réverbère, c'est un chandelier en bronze, excusez du
peu, dont la paire obtient une valeur relativement
importante.

Des chenets, des garnitures de cheminée, des vide-
poche, des porte-allumettes, etc., etc., rappellent par
leurs formes les beaux dessins des Gavarni, Traviés
ou Pigalle dont nous parlons plus haut. Le grand
peintre Pelez a aussi traité le biffin comme sujet de
tableau et on sait avec quel art profond de vérité et
de sincérité ce maître moderne sait fouiller les physionomies des pauvres petits miséreux.

L'exquis dessinateur Steinlen, aux inimitables
scènes de la Rue, le philosophe et acerbe Willette
aux croquis si fins et si délicats, le peintre Carrier-
Belleuse et combien d'autres artistes ont tracé sur
la toile et le papier les silhouettes sympathiques des
biffins; Huard lui-même, le provincialiste gran-
villois qui a esquissé le biffin de notre couverture avec

le coup de crayon magistral que nous lui connaissons dans tous ses dessins du *Rire*.

La Publicité à outrance, à l'américaine si nous pouvons dire, qui envahit la France, a trouvé dans le biffin différents sujets; comment l'homme à la hotte et au crochet allait-il servir à la réclame ?

D'abord, c'est le *Petit Bibliophile*, notre ami Maurice Artus, à qui nous devons tous les renseignements documentaires de cet ouvrage, qui en eut l'ingénieuse idée.

Ci-après, vous trouverez une reproduction de cette affiche; ne plus lire : 22, boulevard Rochechouart, mais 116, boulevard de la Chapelle.

Après lui vient *Amieux frères*, le grand fabricant des conserves dont les amusantes affiches de Jossot aux dimensions fantastiques ont envahi Paris et la Province et tapissé agréablement les murs transformés depuis quelques années en une véritable exposition de la Rue.

Toujours à mieux est devenu légendaire et proverbiale.

Deux reproductions des affiches AMIEUX FRÈRES nous ont été aimablement prêtées par cette maison, la première du genre à Paris; le lecteur les trouvera plus loin.

D'autres affiches et estampes de notre connaissance représentent toujours des scènes de chiffonniers. Pour ne pas abuser du lecteur, nous terminerons ce chapitre en faisant simplement remarquer que partout, toujours et sans cesse on rencontre dans la vie le biffin et que, véritablement, il apparaît comme un fantôme idéalisable et idéalisé, une suggestion, une chimère. Il vient au bon moment nous rappeler que l'existence n'est rien et qu'un jour viendra où, comme tout ce qu'il ramasse, nous irons dans la grande hotte accompagné du cortège de l'oubli et de l'indifférence.

AU PETIT BIBLIOPHILE

Maurice Artus

22 Bᵈ Rochechouart

ACHETE et VEND

LIVRES ANCIENS

et MODERNES

Livraisons - Musique — etc.etc —

L'ATELIER SPÉCIAL DE LA

Librairie du Petit Bibliophile

exécute pour **70** cent.

UNE RELIURE

Dos Cuir à 5 Nerfs. Couture garantie

RELIURE DE CABINETS DE LECTURE

RELIURE CUIR SOUPLE

dépôt des publications de la Société du Vieux Montmartre

Estampes, Aquarelles, Originaux, Gravures anciennes

AU PETIT BIBLIOPHILE   116, Bd. de la Chapelle

LES MARCHÉS AUX PUCES

Le monsieur qui prétend à quelque élégance achète ses vêtements sur le boulevard, chez le tailleur en renom, meuble son appartement de bibelots anciens ou modernes qu'il a découverts rue Laffitte, prend les livres nouveaux chez l'éditeur, alimente, en un mot, de son argent, le commerce du centre et se croirait disqualifié s'il agissait autrement.

L'ouvrier aisé, l'employé du faubourg, sont clients des grands bazars où les facilités de paiement et la modicité des prix les attirent, où une ou deux fois l'an, ils remontent leur garde-robe, acquièrent des habits « du dimanche » qu'ils arborent le prochain jour de fête, font emplettes d'ustensiles de ménage, de services à fleurs, de serviettes à broderies rouges, des multiples objets qui créent dans leur intérieur un semblant de luxe et de bien-être.

Parmi ces deux catégories, peu de gens fréquentent les marchés aux puces. Ils craindraient d'y être vus et s'en tiennent à la mauvaise réputation qui s'attache à ces marchés et à leurs clients.

Mais, qu'est-ce, tout d'abord, que le marché aux puces ou marché pouilleux ? Le nom est significatif et dépourvu de prétention. Il vaut par lui-même. Cependant, nombre de Parisiens ignorent l'existence de ces halles en plein air, ne s'y sont jamais risqués fût-ce en amateurs, en curieux.

Voici donc ce que c'est, de prime abord.

Dans Paris même, sur quelques points, mais principalement en dehors des barrières de l'octroi, à époques fixes, une fois, deux fois par semaine, on voit s'installer des éventaires, mais aussi, le plus souvent, sur le sol même, le long de la bordure des trottoirs, s'aligner des tapis usés jusqu'à la corde et sur lesquels un étalage a bien vite fait d'être improvisé.

Il y en a parfois jusqu'à cinq ou six cents mètres de long, sur deux rangées, entre lesquelles la foule des acheteurs se presse, s'entasse, se bouscule, s'arrête, sollicitée de tous côtés par les appels et les boniments des marchands.

Le marché aux puces, c'est le lieu de rendez-vous fatal, inéluctable, de tous les objets ayant déjà servi, ayant, petit à petit, dégringolé tous les degrés de l'échelle sociale et échouant là, comme un soir d'hiver, un financier ruiné va demander l'hospitalité à la porte d'un asile de nuit.

Elles seraient curieuses à décrire, les étapes parcourues par certaines choses, depuis le bazar ou la fabrique qui les lancèrent dans la circulation, depuis le salon luxueux ou le cabinet de toilette princier, jusqu'à ce capharnaüm en plein vent qu'est le marché aux puces. Reliques, souvenirs, choses historiques dont l'histoire étonnerait si elle était connue, vestiges d'un passé mort et oublié, débris d'opulence, épaves de fortunes dispersées, miettes de splendeurs qui s'en sont allées à vau-l'eau, il y a de tout, de toutes les époques, de tous les mondes aux marchés de barrière parisiens.

Voici, appuyant son canon évasé sur les touches d'un clavecin minuscule et peinturluré d'amours, un vieux fusil, un tromblon qui a peut-être vu les campagnes contre les Espagnols. C'est le domaine de la drôlerie et de la misère, du comique et de l'attendrissant, la promenade philosophique qu'il faut avoir fait pour bien juger des fins dernières de la vie des choses.

Parlons tout d'abord un peu de l'origine de ces marchés. Ils ont dû à peu près exister de tout temps, et il est fort difficile d'émettre des dates précises. Les anciennes chroniques mentionnent ces endroits où l'on vendait moult objets de toutes sortes et de plus misérable état, hardes, livres et outils, aussi bien que bosselés, rouillés et lamentables ustensiles provenant tant des ruisseaux de la ville que des boutiques des brocanteurs et fripiers.

Au siècle dernier, lorsque existaient les anciennes barrières, les chiffonniers et petits brocanteurs étalaient déjà sur le sol toutes sortes de marchandises bizarres, et quand, définitivement, les limites de Paris furent reportées aux fortifications, la franchise

existant sur la zone militaire, les marchands instal-
lèrent leur commerce aux portes de Paris.

Ce n'était pas encore, à proprement parler, le
marché aux puces actuel, les étalages étaient peu
nombreux et de piètre importance, jusqu'au jour où
les municipalités suburbaines eurent l'idée de préle-
ver un droit de stationnement. En s'avisant qu'il y
avait là une source de bénéfices et en instituant une
sorte de patente, les communes allèrent au-devant du
désir des marchands qui ne demandaient pas mieux
que de payer une redevance, pourvu qu'on leur recon-
nût un emplacement fixe.

C'est donc de cette époque, qui varie selon les
endroits, que date l'existence véritable des marchés
aux puces. L'espace concédé se trouve aujourd'hui
insuffisant. Malgré les règlements, les marchés débordent, empruntent les trottoirs des rues voisines,
s'étendent, se prolongent en débandade au delà des
limites imposées. Il faut de la place pour étaler bien
en vue les milliers de paires de chaussures, les cargai-
sons de hardes, les tombereaux de ferraille, d'outils
de toutes sortes, de compteurs, de pièces vélocipé-
diques, les musées ambulants dont les tableaux, les
chromos et les estampes ont pour cadres naturels, le
long des palissades, le fouillis verdoyant des vignes
vierges et des clématites. Le trottoir disparaît, envahi
par les alignements de bouquins, les amas de chiffons
et aussi, il faut bien le dire, par les éventaires des
marchands de ferblanterie, de plats, de casseroles
émaillées, d'articles de bazar,

Donnons tout de suite la nomenclature des marchés les plus connus.

Saint-Ouen, ou comme on l'appelle plus spécialement dans le monde des biffins, Cayenne, se tient tous les dimanches, passé la porte Clignancourt, sur l'avenue Michelet.

Montreuil, les dimanches et lundis, à la hauteur de la rue d'Avron.

Saint-Mandé, au Trône, toute la semaine, mais particulièrement le dimanche.

La Barrière Clichy, se tient le jeudi et le dimanche.

Porte d'Asnières, tous les jours.

Barrière d'Italie, le dimanche.

Pantin, le dimanche.

Mais, dans ces marchés, il convient de distinguer ceux qui existent par eux-mêmes, comme Cayenne, et ceux qui ne font qu'accompagner les marchés aux victuailles, ainsi qu'à la barrière d'Italie.

Maintenant, dans Paris, le marché Saint-Médard, qui se tient tous les dimanches, et enfin, le Temple, le grand entrepôt fixe compléteront la liste.

Nous ne pouvons mentionner que pour mémoire, l'ancien quai de la Ferraille, qui s'étendait jadis jusqu'à la vallée de Misère, près le Châtelet actuel.

En plus des marchés que nous venons d'énumérer et qui sont fixes, nous ne devons oublier les installations provisoires qui chaque année, au jour de l'an, transforment un grand nombre de nos avenues en pittoresques succursales des marchés aux puces, non plus que la foire aux jambons dont le nom actuel serait bien davantage « foire de la ferraille et du chiffon ».

Du reste, il nous faut noter la tendance qu'ont les biffins et les brocanteurs à transporter leurs éventaires dans les fêtes foraines. A Montmartre, à Neuilly, au Lion de Belfort, aux Gobelins, leur nombre augmente chaque année et nous avons fait à ce sujet une remarque assez curieuse. L'autorité a interdit aux somnambules d'exercer leur profession ; or, parmi les tenancières d'éventaires de bibelots caducs et hétéroclites, nous avons trouvé un certain nombre d'anciennes liseuses extra-lucides des lignes de la main, d'inspirées divinatrices de l'avenir, et cela encore n'est pas sans drôlerie

Parlons un peu maintenant de la population des marchés aux puces, des marchands et des acheteurs. Des modifications profondes sont survenues dans l'aspect, dans les mœurs, dans la constitution de ces halles en plein vent, et nous ne pouvons en dire à présent ce qu'on en écrivait il y a une vingtaine d'années.

A l'origine, c'étaient surtout les biffins qui composaient la population marchande, puis sont venus les brocanteurs, les chineurs de toutes sortes, ayant chacun ou à peu près leur spécialité.

Rien de plus curieux que le dimanche matin d'arriver de bonne heure sur les lieux, et de voir se former les étalages. On reconnaît bien vite les différents types des marchands.

Ici, c'est un chiffonnier, habitant sans doute d'une cité voisine, qui s'est amené portant sa boutique sur son dos. Sa boutique, c'est une vieille malle disloquée. Comme frais d'installation, un lambeau de toile à matelas, et voilà notre homme qui, assis sur ses talons, commence à tirer de sa malle les quelques bibelots qu'il a trouvés dans les boîtes à ordures ou que des concierges ou des bonnes qui le connaissent lui ont remis, n'en sachant trop que faire. L'étalage souvent, se compose tout juste d'un tire-bouchon, d'un étui de pipes, de tuyaux de poêles, de boutons, et de quelques paires de chaussures, le tout couvrant à peine un mètre carré, heureux si, accrochées bien en vue, à des clous enfoncés dans la palissade qui borde l'avenue, quelques hardes poussiéreuses et décolorées complètent l'éventaire.

A côté, c'est un gamin qui, pêle-mêle, a jeté sur le sol un amas de flacons, de ferrailles, de morceaux de bois, une inénarrable cargaison où il y a de tout, depuis des blocs de papier à cigarettes jusqu'à des bobines de fil.

— Allez, un rond au choix! Fouillez dans le tas. Et, assis devant son étalage, grave comme un Bouddha du trottoir, le gosse, nu-tête, et souvent même nu-pieds, roule entre ses doigts une « sibiche » mal odorante.

Plus loin, l'homme et la femme déchargent en se hâtant la carriole qu'ils ont amenée, en tirent du mobilier, un buffet qu'ils vendront au moins trois francs, un lit de fer. Ce sont de gros commerçants,

ceux-là. Voici que, de son côté, la femme étale des
vêtements, des pardessus bien pliés, des chapeaux
au poil plus que ras, mais propres et luisants, tandis
que l'homme, qui « fait ménage à part », installe un
jeu de fleurets à côté d'un mannequin d'osier.

Mais voici l'imposant étalage d'un rebouiseur. Sur
une vaste estrade de trois marches, une centaine de
paires de chaussures sont alignées, cirées, astiquées,
pomponnées comme des soldats un matin de revue.
Celui-ci fait bien les choses. Il n'a rien moins qu'un
escabeau boiteux à la disposition des clients qui veulent essayer.

La chaussure d'occasion, c'est assurément l'objet
d'un des plus grands commerces des marchés aux
puces. Toute la population de « grouleurs » vit de ce
trafic. La groule, c'est le terme spécial sous lequel on
désigne l'ensemble des individus qui achètent les
vieilles chaussures et les revendent aux « rebouiseurs »
qui les réparent avant de venir les étaler à nouveau
dans les marchés aux puces.

Ce n'est pas d'hier que date ce commerce.

En 1278, déjà, nous trouvons une ordonnance de
Philippe III. dit le Hardi, permettant *à de pauvres
femmes et à de misérables personnes de s'établir le long
des murs du cimetière des Innocents pour y vendre des
petits souliers, de la friperie et de vieux cuirs.*

Cette industrie est presque uniquement exercée par
des juifs allemands ou polonais à l'allure sordide,
dont la saleté dépasse encore celle des chiffonniers
qui les fournissent de marchandises.

On pourrait assez définir leurs vêtements en disant que ce sont des trous, autour desquels s'effilochent des lambeaux d'étoffes crasseuses. affectant de vagues ressemblances avec le genre redingote et tombant généralement plus bas que les genoux. Cette défroque est le plus souvent ficelée du haut jusqu'en bas, il arrive qu'une corde passée dans les boutonnières la lace comme un corset. Un haillon quelconque entoure le cou, dissimulant mal l'absence du linge.

Quant au pantalon, imaginez une chose sans forme. aux tons indéfinissables, que d'antiques couches de toutes les crasses possibles superposées et fondues dans la poussière de tous les chemins peuvent donner. et cela marbré par endroits de plaques de boue, qui. séchées et imbibées de graisse. ont fini par faire corps avec l'étoffe.

Puis, imaginez encore qu'une meute de chiens en furie se soit escrimée du croc après le bas de ce vêtement, et vous pourrez vous faire une idée de l'effilochage qui termine cette merveille : la culotte du « grouleur ».

De place en place, des déchirures laissent apercevoir entre leurs lèvres béantes des coins de peau noire et patinée comme du vieux cuir.

A ses pieds, le « grouleur » traîne d'immenses « bateaux » probablement choisis parmi les moins vendables de ceux qu'il achète, dont la semelle « engueule le pavé » à chaque pas, et d'où les orteils s'échappent à demi, odorants et noirs.

Au-dessus de tout cela, placez une tête hirsute, aux

traits sombres et durs, aux méplats fortement accusés et d'une coloration de vieux cuivre, sillonnée de rides où s'estompe une crasse plus ancienne et moins luisante. Puis, émergeant de la broussaille de la tignasse, de chaque côté, de vastes oreilles d'où s'échappent des touffes de poils frisés, ainsi que des végétations sauvages et touffues des lézardes d'un vieux mur.

Le chef est couvert de quelque chose de plus gras et de plus infecte que tout le reste, un chapeau, duquel débordent jusque sur le col de longs cheveux qui jamais n'eut dû connaître la caresse du peigne ou de la brosse.

Le type est complété par un sac jeté sur l'épaule et destiné à mettre les achats.

Arrivé le premier sur le marché, solitaire et muet, le « grouleur » marche lentement et guette l'arrivée des biffins. Voici que son œil s'allume et brille sous les broussailles de ses épais sourcils. De loin, il vient d'apercevoir le gibier, c'est-à-dire le chiffortin, qui, sifflant, chantant et blaguant, commence de décharger ses sacs sur le bord du chemin.

Godillots moisis, énormes « tartines » d'Auvergnats, bottines de petites maîtresses, bottes héroïques et menaçantes, pantoufles de Cendrillon, le grouleur silencieux examine le tout d'un œil impassible.

— Pige-moi ça, la groule ! en voilà de la bath camelotte, s'écrie le chiffonnier d'un air narquois.

L'autre, avidement penché vers le sol, presque accroupi, prend une à une les vieilles savates, les examine, les retourne, les soupèse, les flaire, les ausculte, passe et repasse ses doigts velus dans les plaies, préjuge de ce qu'il en pourra tirer, et toujours, dit finalement avec une moue dédaigneuse.

— Combien ?

— Dix paires ! Ça fait une thune !

Et le marchandage commence, opiniâtre, des deux côtés, à grand renfort de paroles matoises et de gestes de protestations, émaillé d'exclamations ordurières, jusqu'à ce qu'enfin, tout en déclarant qu'il « berd de l'archent », le grouleur ait accepté le prix environ réduit de moitié.

La tournée finie, il ira revendre sa cargaison aux spécialistes du raccommodage, et quelques jours après, les chaussures reviendront prendre leur place aux étalages du marché aux puces.

Après les marchands de vieilles chaussures, les marchands de vieux habits. Il y a encore un terme spécial d'argot pour désigner ceux qui font profession de réparer les vêtements. Ce sont les « rambineurs ».

Sans compter le Temple, il existe à Paris nombre d'ateliers de rambinage, où les chineurs et les chiffonniers apportent leur récolte de hardes qui, lavées, reprisées, repeintes, traitées de mille façons différentes, selon leur degré d'usure et de saleté, arrivent à être transformées et revendables.

La corporation des fripiers formait plusieurs catégories bien distinctes, dit Dulaure, dans son *Histoire de Paris* : ceux qui étaient assez riches pour tenir boutique, marchaient en tête, venaient ensuite les marchands de chiffons, de souliers et de vieilles hardes : enfin, les fripiers ambulants qui parcouraient chaque jour les rues de Paris en criant : *qui veut vendre cote, chappe et surcote*, de même que de notre temps, les marchands d'habits ont conservé leurs vieux cris : habits, galons, habits à vendre (1).

Les marchands de chiffons et vieilles hardes ne pouvant louer ni boutique ni étal aux Halles, supplièrent saint Louis de leur concéder un endroit où ils eussent le droit de vendre leurs marchandises. Ce bon prince, dit la chronique, leur accorda la jouissance d'un terrain le long des murs du cimetière de l'église des Innocents.

Nous avons vu que Philippe le Hardi confirma, en 1278, les droits concédés par son père et qu'il les étendit aussi aux marchands de souliers et vieux cuirs.

La corporation devint riche et florissante. François Ier renouvela ses statuts en 1544. Louis XIII après Henri II et Charles IX en 1612, Louis XIV en 1665.

Quatre jurés étaient à la tête de la communauté. L'apprentissage durait trois ans, et le compagnonnage trois autres années. Le brevet coûtait quarante-huit livres et la maîtrise six cent cinquante. Ils fêtaient la Trinité et Sainte-Croix dans l'église des Innocents; leur bureau était rue Montmartre.

---

(1) Dulaure écrivait en 1853 : le commerce des vieux galons a disparu, les marchands ont modifié leurs cris en celui de « Chand' d'habits, chiffons, ferraille à vendre », d'autres ajoutent peaux de lapins, d'autres suppriment ferraille.

Sous Louis XIV. un étranger qui connaissait bien Paris, écrivait finement ceci :

« Les tailleurs ont plus de peine à inventer qu'à coudre, et quand un habit dure plus que la vie d'une fleur, il paraît décrépit. De là est né un peuple de fripiers qui font profession d'acheter et de vendre de vieux haillons et des habits usés. Ils vivent splendidement en dépouillant les uns et les autres, commodité assez singulière dans une ville très peuplée. où ceux qui s'ennuient de porter longtemps le même habit trouvent à le changer avec une perte médiocre. et où les autres. qui en manquent, ont le moyen de s'habiller avec une petite dépense ».

L'auteur du *Tableau de Paris* publié en 1782. Mercier, nous montre les fripiers installés sous les piliers des Halles et nous révèle l'existence d'une sorte de premier marché en plein vent ayant lieu tous les lundis sur la Place de Grève.

« Sous les piliers des Halles. dit-il. subsiste encore
« la maison où est né notre Molière, le poète dont
« nous nous glorifions. Là, règne une longue file de
« boutiques de fripiers qui vendent de vieux habits
« dans des magasins mal éclairés, et où les taches et
« les couleurs disparaissent.

« Quand vous êtes au grand jour. vous croyez
« avoir acheté un habit noir; il est vert ou violet, et
« votre habillement est marqueté comme la peau
« d'un léopard.

« Des courtauds de boutique, désœuvrés, vous ap-
« pellent assez incivilement, et quand l'un d'eux

12

« vous a invité, tous ces boutiquiers recommencent
« sur votre route l'assommante invitation. La femme,
« la fille, la servante, le chien, tous vous aboient
« aux oreilles ; c'est un piaillement qui vous assour-
« dit jusqu'à ce que vous soyez hors des piliers.

« Quelquefois, ces drôles-là saisissent un honnête
« homme par le bras ou par les épaules, et le forcent
« d'entrer malgré lui ; ils se font un passe-temps de
« ce jeu indécent : on est obligé de les punir en leur
« appliquant quelques coups de canne afin de châtier
« leur insolence ; mais ils sont incorrigibles.

« Vous y trouvez aussi de quoi meubler une maison
« de la cave au grenier, lits, armoires, chaises,
« tables, secrétaires, etc. Cinquante mille hommes
« n'ont qu'à débarquer à Paris, on leur fournira le
« lendemain cinquante mille couchettes.

« Les femmes de ces fripiers, ou leurs sœurs, ou
« leurs tantes, ou leurs cousines vont tous les lundis
« à une espèce de foire dite du Saint-Esprit qui se
« tient à la place de Grève. Il n'y a pas d'exécution
« ce jour-là : elles y étalent tout ce qui concerne
« l'habillement des femmes et des enfants.

« Les petites bourgeoises, les procureuses, ou les
« femmes excessivement économes, y vont acheter,
« bonnets, robes, casaquins, draps et jusqu'à des
« souliers tout faits. Les mouchards y attendent les
« escrocs, qui arrivent pour y vendre des mouchoirs,
« des serviettes et autres objets volés. On les y pince,
« ainsi que ceux qui s'avisent de filouter. Il paroît
« que le lieu ne leur inspire pas de sages réflexions.

« On diroit que cette foire est la défroque féminine
« d'une province entière, on la dépouille d'un peuple
« d'amazones. Des pipes, des bouffantes, des désha-
« billés sont épars et forment des tas où l'on peut
« choisir. Ici c'est la robe de la présidente défunte,
« que la procureuse achète ; là, la grisette se coëffe
« du bonnet de la femme de chambre d'une marquise.
« On s'habille en place publique, et bientôt l'on y
« changera de chemise.

« L'acheteuse ne sait et ne s'embarrasse pas d'où
« vient le corset qu'elle marchande : la fille innocente
« et pauvre, sous l'œil même de sa mère, revêt celui
« avec lequel dansoit, la veille, une fille lubrique de
« l'Opéra. Tout semble purifié par la vente ou par
« l'inventaire après décès.

« Comme ce sont des femmes qui vendent et qui
« achètent, l'astuce est à peu près égale des deux
« côtés. L'on entend de très loin les voix aigres,
« fausses, discordantes qui se débattent. De près, la
« scène est plus curieuse encore. Quand le sexe (qui
« n'est pas là le beau sexe) contemple des ajustemens
« féminins, il a dans la physionomie une expression
« toute particulière.

« Le soir, tout cet amas de hardes est emporté
« comme par enchantement ; il ne reste pas un man-
« telet, et ce magasin inépuisable reparaîtra sans
« faute le lundi suivant ».

Ce tableau d'un marché du siècle dernier pourrait encore s'appliquer sur plus d'un point aux mar-

chés aux puces actuels. L'essayage en plein vent, surtout, s'y pratique toujours.

Quant aux marchands de ferraille, ce n'est qu'en 1693 qu'ils furent érigés en corps de jurande moyennant le paiement d'une somme de trois cents livres. La corporation se composait, dit Dulaure, de vingt-quatre maîtres qui ne faisaient pas d'apprentis. La maîtrise coûtait cinq cents livres. Ils avaient le privilège de courir les rues, le sac sur le dos en criant : vieilles ferrailles à vendre; ils marchaient sous la bannière de Saint-Sébastien et de Saint-Roch : leur bureau était rue de la Vannerie.

Nous voici avec tout cela fourvoyés bien loin des marchés aux puces. Rappelons encore que la construction des Halles Centrales a délogé en 1851 les habitants des rues de la petite et de la grande Friperie, et revenons à nos moutons.

En plus des biffins des « rebouiseurs » et des rambineurs qui pullulent aux barrières de Paris, il y a aussi des bouquinistes, des brocanteurs de tout genre, et des marchandes à la toilette.

Le plus souvent, en fait de boutique, le marchand de bouquins n'a qu'une toile étendue à terre. Là-dessus, c'est un fouillis de paperasses, dans lequel chacun fait son choix. Voici un amas de petits volumes bleus, éditions de la Bibliothèque nationale. Tous les anciens. Tacite, Horace, Virgile, Suétone. — Pantagruel à côté des *Pensées* de Pascal, les Encyclopédistes, la *Physiologie du goût*, par Brillat-Savarin, Champfort, Baumarchais, etc.

Un sou au choix. On peut apprendre ses classiques à bon marché, et chacun prend ce qui l'intéresse, et le marchand, assis sur son pliant, fume sa pipe avec sérénité.

Comme clients. les marchés aux puces attirent une infinité de types différents. et non pas seulement comme on pourrait le croire les pauvres ou les ouvriers qui n'ont pas assez d'argent pour acheter des objets ou des vêtements neufs.

Parcourez le marché. vous y rencontrerez la livrée misérable du mendiant, la côte de l'ouvrier, le chapeau de feutre de l'artiste. le veston de l'employé. la redingote et le haut de forme du bourgeois ou du savant et les lunettes du collectionneur.

Mais comme premiers clients, il nous faut placer les « chineurs » et les brocanteurs. Ceux-là sont des habitués du marché. Ils sont bien connus des biffins. Ils viennent là chercher des occasions et s'en vont rarement les mains vides. Ils achètent par lots, et revendent au détail dans leurs boutiques. La rue Laffitte, c'est-à-dire le marchand de curiosités côté. s'y risque souvent et presque toujours revient avec quelque pièce rare achetée à des prix ridicules.

Il y a aussi parmi les amateurs des habitués et des fervents ; tout le monde connaît l'homme aux Hugo ! qui n'est autre que notre camarade Beuve.

C'est en son cerveau que germa pour la première fois l'idée du Musée Victor-Hugo qui comporte une section spéciale pour le bibelot populaire ; la bou-

12.

teille Victor-Hugo, les savons, les chenets et mille autres choses toutes à l'effigie du grand homme.

C'est aux marchés pouilleux que Beuve a recueilli toutes ces épaves.

Nous connaissons aussi les collectionneurs des Boulanger, des bibelots franco-russes, des mouchettes, des éteignoirs, des boutons, etc., etc., et comme critérium du genre le collectionneur des eaux de bains des grands personnages. Cette chose est tellement baroque qu'elle demande quelques explications.

Un individu. M. D..., a fait faire des fioles d'un modèle spécial très coquet dans lesquelles il conserve l'eau d'un bain d'une personnalité connue avec l'étiquette pompeuse suivante par exemple. « *Eau du bain de Sa Majesté Oscar II, Roi de Suède et de Norwège prise à tel endroit*, Paris, le...... *juin 1900.* »

Toutes ces fioles sont classées et viennent prendre place sur les étagères de l'original collectionneur. L'eau de bain d'Oscar se trouve à côté de celle de Liane de Pougy. ou de la belle Otéro, ou bien encore à côté de celle du commandant Marchand ou de M. Loubet.

Les ouvriers vont à la barrière par familles entières, lorsqu'il s'agit d'acheter un meuble ou des vêtements. C'est en même temps pour eux l'occasion de prendre l'air des fortifs et d'aller boire un litre de picolo en mangeant des « frites » ou de la galette.

A-t-il besoin d'un outil quelconque, plutôt que de s'adresser au fabricant. l'ouvrier dit : J'irai faire di-

manche un tour au marché aux puces. Je trouverai
ce qu'il me faut. Et en effet, il le trouve, car, parmi
les marchands, il y a aussi d'anciens ouvriers, des
« vieux » qui connaissent la partie et, ne pouvant
plus travailler, ont entrepris ce petit commerce. Et
l'on se renseigne, on s'arrange en « copains. »

— Tu veux un rabot, mon gars ! J'en ai pas aujourd'hui ! mais vas donc voir le père Louis. Tu
trouveras ton affaire.

Dans la cohue qui se presse autour des étalages,
les jeunes ménages d'employés sont aussi nombreux.
On voudrait une glace pour mettre sur la cheminée,
et l'on n'a pas trente ou quarante francs de disponi-
bles, ou bien, c'est pour le bébé qui va venir bientôt
une petite voiture que l'on cherche.

Le nombre de ceux qui sont venus sans avoir spécialement besoin de quelque chose est aussi grand.

On rencontre des jeunes gens aux cheveux longs
qui fouillent les tas de bouquins dans l'espoir de
trouver quoi? une première édition des *Fleurs du
Mal*, peut-être.

SAINT-OUEN DIT CAYENNE

Saint-Ouen : ce nom évoque trois endroits bien différents qui donnent à cette commune suburbaine du nord de Paris une physionomie toute spéciale, un caractère tout particulier : les Courses, le Cimetière, le Quartier des Chiffonniers.

Quelle diversion et pourtant, pour le philosophe, quel curieux rapprochement à faire.

Les courses, avec leur public de parieurs hâves, de bookmakers ventrus et canailles, de camelots gueulards, de palefremiers et de jockeys aux vêtements de coupe anglaise et à carreaux symboliques.

Les chiffonniers dont les cités éparses composent la plus importante colonie de ce genre des environs de Paris, les chiffonniers dont les masures croulantes, les maisons bizarres étalent leur saleté croupissante aux yeux des passants.

Si les biffins sont sales. déguenillés. leurs taudis

sont infects au delà de toute expression. Nous avons essayé du reste de donner au lecteur, une idée de ce qu'étaient les cabanes des « rois du ruisseau ».

Saint-Ouen, en partie le domaine des chiffonniers, s'étend vers Saint-Denis, vers Clichy et vers Auber-villiers.

La présence du cimetière vient encore donner à Saint-Ouen un cachet spécial d'étrangeté. Chaque jour, pour s'y rendre, les files interminables de cor-billards suivent l'avenue Michelet. Les processions d'amis et de parents éplorés s'y succèdent sans inter-ruption.

Le dimanche, l'avenue Michelet change de physio-nomie. Une animation inaccoutumée s'empare de ses trottoirs, un monde de biffins, de chineurs, de pro-meneurs et d'amateurs s'y rencontre, s'y coudoie et s'y mêle.

C'est le marché aux puces dans toute sa splendeur. dans toute son étrangeté, dans son incommensurable drôlerie, gai parfois, triste d'autres, souvent macabre. et toujours hétéroclite.

Nous venons de Paris par la porte Ornano. Voici les fortifications aux herbes rares, jaunes et étiques sur lesquelles, pauvres, mendiants, vauriens et sou-teneurs sans place trouvent sous le doux soleil une hospitalité gratuite offerte par la nature.

Çà et là quelques petits étalages sans grande im-portance, auxquels s'arrêtent pourtant les yeux scru-tateurs des chineurs.

Devant nous. de beaux platanes encadrent l'avenue

Michelet et forment en été une voûte ombrageuse aux..... tramways électriques qui sillonnent ces parages sur une double chaussée contiguë aux arbres.

Nous entrons alors dans le marché proprement dit qui se tient sur la gauche de l'avenue. Parler de tout ce qui s'y vend, décrire tous les objets qui s'y étalent, il faudrait pour cela nommer tous les commerces, les industries de tous genres, et encore, nous ne serions pas bien sûr de rien oublier.

Au marché pouilleux on vend de tout, absolument, à des prix qui varient selon la tête du client, et aussi selon celle du vendeur. Il semble qu'il serait plus facile d'énumérer les innombrables objets qu'on y trouve que de dire ce qu'on n'y a pas rencontré.

Le chiffonnier proprement dit vend bon marché tandis que tel marchand, revendeur avéré, juif au physique révélateur, sait donner à sa marchandise une plus value exagérée.

Des gosses en haillons crasseux, nu-pieds, tiennent aussi des éventaires. Ils ne sont pas les moins acharnés au commerce. Avec soin, ils étalent leur « marchandise », si de ce nom pompeux on peut qualifier une vieille mèche de cheveux, un bol écorné, un collier de chien, un moulin à café, de vieilles bretelles, une paire de souliers et autres choses du même genre.

— Tu m'achètes rien, M'sieur? Allez, allez, fouillez 'dans le tas, un rond au choix!!! et comme son petit frère, derrière, le tire par son paletot dont les manches sont ouvertes jusqu'aux coudes, il se retourne, lui colle une gifle tout en continuant de crier.

— Fouillez dans le tas, en v'là d'la bath! un rond au choix!

Un rond au choix, aussi, ces morceaux d'étoffes multicolores, unies, bariolées et rayées qui font la joie des amateurs de rafistolages.

Mais voilà le père Moustache, à l'entrée du marché. Il clame aussi en jurant : — En v'là d'la belle camelotte, reluquez-moi donc ça!

— Tiens, bonjour, mes enfants, ça va? dit-il en nous tendant ses larges mains crasseuses.

Le père Moustache est le plus heureux des hommes, du moment qu'il a « déniché de la belle camelotte ». C'est sa marotte, la belle camelotte, et quand il vous en parle, il en a plein la bouche.

— Et quoi de neuf, père Moustache.

— Pas grand'chose, mais, à propos, quand viendrez-vous chercher des radis.

— Ah! oui, c'est vrai. Eh! bien quand nous passerons par vos propriétés.

— C'est ça, vous avez l'adresse. Et puis, vous savez... et alors il prend un air de conspirateur, j'vous f rai voir de la belle camelotte.

Inutile de dire que cette « belle camelotte » n'est autre chose que des vieilleries sans valeur, des ferrailles, des chiffons qui font le bonheur du père Moustache.

Le commerce des vieilles chaussures est très important à Saint-Ouen, comme dans les autres marchés pouilleux, nombreux sont les marchands de « ribouis », de « croquenots », de « pompes », « de feuilletés » ou bien encore de « grolles » pour employer tous les mots en vigueur. Bien cirées, bien raccommodées, elles ne font pas trop triste figure, les pòvres ! Et pourtant, elles seules savent de combien de maquillages elles ont été l'objet.

Pour vingt sous on peut se procurer une paire de « ripatons » non garantis contre les prochaines pluies et qui ont des chances d'engueuler le pavé au bout de quelques pas.

Les étalages des marchands de chaussures sont parfois très conséquents au marché pouilleux, et rien d'extraordinaire d'y voir alignées les unes à côté des autres, dans une admirable promiscuité, plus de quatre ou cinquante paires de bottines, de bottes et de souliers, de toutes formes et de toutes dimensions.

... Des bouquins ! des bouquins... qui veut des bouquins, bon marché !... pas cher !... depuis deux sous.

Et l'on fouille parmi le monceau de paperasses étalé sur le trottoir : Romans du jour, feuilletons à la mode, livres antiques, essais timides de jeunes littérateurs inconnus, œuvres de maîtres, histoire, théâtre, sciences, vous n'avez que l'embarras du choix. Toutes les époques y sont représentées... Rabelais, Victor Hugo, Zola... Classiques, romantiques, décadents .. Brochures politiques, pallas divers, élucubrations fantaisistes... Voilà l'étalage du bouquiniste.

Le plus important de Saint-Ouen, c'est Castebert, très affable envers tout le monde. C'est le bouquiniste « chic » du marché aux puces. Par-ci par-là, on trouve bien encore quelques bouquins

13

d'étalés sur le trottoir. Autrefois on faisait encore de
bonnes trouvailles, mais le cas est devenu assez rare.
Les connaisseurs chercheurs sont légion. Ah! « faire
le coup » voilà le rêve du chineur, le but qu'il poursuit sans relâche. Mais si de fort jolies choses sont
parfois vendues aux marchés aux puces, il n'est pas
non plus toujours facile de « dégotter le mouton à
cinq pattes ».

En fait de tableaux, il n'y a guère que des « croûtes »
à Saint-Ouen ; par contre, on y voit de temps à autre
de jolis cadres anciens veufs de leurs toiles et qui
trouvent sans peine acquéreurs.

Voici maintenant sur notre droite la rue des Entre-
pôts et sur notre gauche la rue des Rosiers, au com-
mencement desquelles, bien que le règlement s'y op-
pose formellement, des marchands étalent aussi leurs
ferrailles et leurs bibelots. Mais comme cela ne gêne
personne, les deux gardes du marché — cependant
pas commodes au dire des biffins, — les tolèrent et
font mine de ne rien voir.

Les marchands d'articles de Paris, des quincailliers.
les ferblantiers, les émailleurs ont depuis quelques
années envahi les marchés aux puces, et leur ont retiré beaucoup de leur pittoresque. Combien de chau-
drons et de casseroles reverront, après leur passage
sur le feu, l'endroit où ils auront été vendus une première fois, et lancés dans la vie... cuisinière.

Ainsi qu'à toutes les barrières, les marchands de
« frites », de moules et de fritures sont nombreux à
Saint-Ouen. Des deux côtés de l'avenue, leurs four-

neaux lancent dans l'air des colonnes de fumée nauséabonde.

Les graisses noirâtres chauffent à outrance dans
les bassines de fonte, et leur glou-glou cramoisit les
petits poissons dorés, brûle les pommes de terre cependant qu'à côté dans une bassine qui répand à
quinze pas des senteurs alliacées, les moules baillent
à qui mieux-mieux.

On ne mange pas sans boire, et, dame, au marché
pouilleux les gosiers sont en pente raide. Une vente
importante, — de quarante sous, par exemple, — est
généralement arrosée chez le « bistro » le plus proche,
et les apostrophes suivantes, lancées par des voix
gouailleuses sont courantes :

— Tu payes, une tasse?
— C'est ta tournée?
— Tu rinces?
— Payes-tu la bleue?
— Allons prendre ça.

Et les deux partenaires — complices si l'on veut, —
entrent chez le marchand de vins. Pendant ce temps,
le copain voisin surveille l'étalage du marchand, à
charge de revanche, car dans un instant ce sera son
tour.

Elles sont parfois nombreuses les navettes ainsi
faites de l'éventaire au troquet, et du troquet à
l'éventaire. Tant mieux, c'est que la vente marche
bien, mais la chaleur aidant, le bagout finissant, il
arrive souvent que la « muffée » se déclare, et alors,
c'est en titubant que s'opère la rentrée.

Le côté macabre a aussi sa place dans le pittoresque de Cayenne. Les enterrements nombreux, passent en file indienne, conduisant vers le champ de repos final ceux qui furent heureux, gavés, et les vaincus de la grande lutte pour la vie.

Ce sont des paysages étonnants, paysages de bicoques, d'usines, d'éventaires où passent les trognes rougeaudes des croque-morts et les silhouettes majestueuses des commissaires de la ville.

A Cayenne, lorsqu'un marchand chiffortin ou brocanteur a « cassé sa pipe », toute la population du marché en est informée d'une façon assez touchante.

Sur l'emplacement où il avait coutume de vendre, et qu'on a conservé libre de tout éventaire, on installe sur une petite table la lettre de faire-part, bien en vue, et retenue aux quatre coins par des cailloux. A côté, on a placé une sébille qui, il faut le dire, ne tarde pas à se remplir de gros sous destinés à l'achat d'une couronne.

Si malheureux soient-ils, tous ceux qui ont connu le défunt, ne manquent jamais de venir déposer leur offrande. Cela parle en faveur des sentiments confraternels de cette population spéciale du marché.

Il y a à Cayenne, tout un coin réservé à la serrurerie, aux appareils électriques, lampes, fils, piles, bouteilles de Leyde, batteries et bobines Rumskorf et aux accessoires de bicyclettes, pièces détachées, bieilles, pignons, roues, guidons, cadres, rayons et pédales.

Le commerce du caoutchouc occupe également plusieurs éventaires. Tubes à gaz, plaques brutes, pneumatiques, chambres à air, s'offrent aux cyclistes peu fortunés qui n'ont pas les moyens de se payer un Dunlop.

Les appareils à gaz, les compteurs à gaz y figurent aussi et ne réclament qu'une visite au laboratoire municipal. Hélas! ils ont bien des chances d'être réformés.

Il n'est pas rare non plus de voir, sur un éventaire des forceps, des bistouris, des seringues, et autres instruments, et nous pourrions raconter l'amusante confusion que fit un jour un de nos amis qui prenait un spéculum de petites dimensions pour un manche à gigots.

Dans tous les marchés pouilleux, il y a au moins une « mère la Purée ». C'est un titre, un sobriquet qui semble se léguer, lorsque la titulaire meurt ou quitte les affaires.

Celle de Saint-Ouen est une commère gaillarde et réjouie, forte en gueule, à rappeler Madame Angot. Elle vend des hardes, et ne se gêne pas pour apostropher les clients :

— Allez, les amis, habillez vos amants, habillez vos maîtresses. C'est pour rien! J'ai dit trois francs le pantalon! Non! C'est quarante sous! Allons, enlevez-le pour trente sous!

En a-t-elle habillé des familles entières la mère la Purée. Et toujours de bonne humeur, toujours criant, aimant boire son coup.

13.

Le père « la Ruine », aussi, fut célèbre à Cayenne. Pendant plus de trente ans, il ne manqua pas un dimanche.

Nous voici aux confins du marché, tout près du cimetière, à coté de la rue Villa-Biron où se trouve le poteau limitrophe. Parfois, néanmoins, les éventaires s'éparpillent au delà de la limite assignée, terminant en débandade la longue file que nous venons de parcourir.

A l'autre extrémité, aux « fortifs ». Sous des tonnelles rachitiques, aux bancs et aux tables de bois peints en vert, on débite les sirops falsifiés, le vin à seize, et les alcools de bas étage. Le dimanche après-midi, ce sont de vraies noces, des agapes sans fin.

La « môme » est de sortie, son « mac » la ballade; le bourgeois parisien s'est décidé à venir faire prendre à bébé l'air de la campagne, on est venu aux fortifications manger deux sous de galette et boire du petit bleu, l'ouvrier en bourgeron a turbiné le matin et n'a pas pris la peine de « se changer », il passe son dimanche en compagnie de sa femme et des gosses.

Alphonse y rencontre Nana, on trinque, on se marie, on se fâche, on rit, on mange, on boit, on se saoûle, on s'amuse.... Bourgeois ou travailleurs, petits employés ou biffins, goûtent sur les fortifs les délices du farniente. Ils écoutent rêveurs les clairons des gamins, regardent planer les cerfs-volants, se balancent si le cœur leur en dit ou le leur permet. Le soir, par groupes, ils rentrent tranquillement, l'esprit vide, le ventre creux, contents d'eux-mêmes et de leur dominicale journée.

Monsieur avait mis son tube, il est couvert de poussière, madame ne peut plus avancer, le gosse se fait traîner par la main et pleure le plus souvent d'une taloche qu'il a reçue parce qu'il a sali son beau costume en se roulant dans l'herbe.

Les enseignes des marchands de vins sont banales pour la plupart. En voici quelques-unes : *Où allons-nous ? chez Alfred. Allons chez ma tante. Au mirliton. A la grosse bouteille. Au Sans-souci.*

Jadis, à l'entrée du marché à gauche, il y avait une enseigne ignoble. Elle a disparu.

Le marché aux puces possède aussi ses Eldorado et ses Scala. Il y existe deux concerts d'amateurs. L'un, *A la Ville de Châteaudun*, l'autre, *le Concert du Chalet*.

Matinée le dimanche et représentation le soir annoncent avec les noms des artistes les pancartes faites à la main.

Le calicot prétentieux et pommadé à outrance y clame d'une voix fausse la romance à la mode. Le garçon boucher hurle la chanson patriotique, un vieux dit « la grève des forgerons », et la chanteuse légère, matrone maquillée à faire peur, montre des dessous d'une blancheur douteuse.

> « C'est la fête à Clémentine
> Elle a bu sa p'tite chopine. »

Chanson nouvelle, et intéressante qui obtient les faveurs des assistants. On applaudit à tout rompre.

Mais voici le comique genre Polin.

Tête glabre, sentant la moisissure des beuglants de province qui virent jadis ses plus beaux succès. Grimaçant et stupide, il tortille les genoux dans son pantalon blanc — genre Plébins, — ferme l'œil gauche — genre Paulus, — met son képi sur l'oreille — genre Ouvrard, — et chante.

Il ne répondit rien... rien... rien...

— Bravo! Bravo! bis! une autre!,... celle-ci, celle-là, et les noms des chansons préférées sont lancés à travers l'atmosphère, chargée de miasmes, de nuages de fumée et d'odeurs rances de fards à bon marché.

Le soir seulement les chiffonniers fréquentent ces bouis-bouis infectes où les pires saletés sont dites sous l'œil paternel des sergots. Libidineux et canailles, les refrains ne révoltent pas — au contraire — la moralité des auditeurs. . . . .

En outre du marché aux puces de Saint-Ouen, il nous faut mentionner les marchés de Montreuil, de Saint-Mandé (Cours de Vincennes), de la barrière de Clichy, de la porte d'Asnières, de la barrière d'Italie, de l'avenue d'Orléans, de Pantin, comme les plus connus avec aussi, le Marché des Patriarches.

Sur eux, nous glisserons rapidement car ils n'offrent rien de bien intéressant ni d'original. Ils se rapportent à Cayenne, se ressemblent tous, différents seulement dans les détails.

Nous aurons ainsi, croyons-nous, donné au lecteur

une idée de ce qu'est le commerce de la brocante
en plein vent, et dépeint le plus fidèlement possible
« Les Marchés aux Puces » en prenant comme type
celui de Saint-Ouen.

FIN des "Rois du Ruisseau"[1]

---

(1) L'*Historique du Temple* fera suite aux *Rois du Ruisseau*.

TABLE DES MATIÈRES

Préface ....

Avant-propos.........................

La rentrée des biffins.................... 1

Les Cités des Chiffonniers 13

Les biffins électeurs.................... 95

La moisson des ruisseaux................ 117

Historique des chiffonniers.............. 145

Les marchés aux puces 175

PARIS. — IMP. DE SOURDS-MUETS, 111ter, RUE D'ALÉSIA

A LA MÊME LIBRAIRIE

Édition du "LIVRE MODERNE"

Henri Desmarest

La Femme Future . . . . 1 vol.

Liane de Pougy

L'Enlizement . . . . 1 vol.

Henri Gaillard

Regards sur la Vie . . . . 1 vol.

MUSIQUE :

I. Desmarest

Le Noël des Miséreux . . . . Mélodie

Bataille de Fleurs . . . . »

PARIS. — IMP. DE SOURDS-MUETS, 111ter RUE D'ALÉSIA.

www.ingramcontent.com/pod-product-compliance
Lightning Source LLC
Chambersburg PA
CBHW061455030726
47503CB00005B/1716